Dice la sangre

Rubén Abella
Dice la sangre

menos**cuarto**

© Rubén Abella
© de esta edición, Menoscuarto Ediciones, 2024

ISBN: 978-84-19964-15-1
Dep. Legal: P-56/2024

Diseño de colección: Echeve
Ilustración de cubierta: © Rubén Abella
Corrección de pruebas: Beatriz Escudero

Impresión: Gráficas Zamart (Palencia)
Printed in Spain – Impreso en España

Edita: Menoscuarto Ediciones, S.L.
Cardenal Almaraz, 4 - 1.º F
34005 PALENCIA (España)
Tfno. y fax: (+34) 979 701 250
correo@menoscuarto.es
www.menoscuarto.es

A María

«¿Me atrevo
a perturbar el universo?»

T. S. ELIOT

ARIEL

Al pasar con las Vespinos por delante del cine Tívoli, el Cuco levantó el dedo corazón y nos llamó pijos de mierda. Estaba con Elo viendo las fotos de *Pasaje a la India* que había expuestas en las vitrinas. La tenía agarrada por la cintura y tuvo que soltarla para hacer el gesto en toda su amplitud. No recuerdo si el insulto me ofendió, aunque imagino que no porque por aquel entonces yo tenía preocupaciones más serias. Además, el Cuco y sus amigos llevaban incordiándonos todo el verano y ya nos habíamos acostumbrado a sus burlas. Lo que sí recuerdo es pensar que ni a él ni a su novia les pegaba nada ver esa película. El Cuco era matarife. Tenía diecinueve años —uno más que nosotros— y desde los catorce ayudaba a su padre a degollar y descuartizar reses. Pese a lo joven que era, la costumbre de matar le había labrado en la cara una expresión de viejo aturdido. Decía tacos sin parar, fumaba porros de hachís y Celtas Cortos sin filtro, y siempre, hiciese el tiempo que hiciese, llevaba la misma ropa: una cazadora negra tachonada, una camiseta de los Rolling Stones o los Ramones, unas zapatillas con las punteras blancas y unos vaqueros de pitillo que acentuaban la delgadez de sus piernas arqueadas y le daban un siniestro aire de cuervo. Elo mascaba chicle con la boca abierta y tenía el pelo teñido de azul. En todo lo demás era la copia en chica del Cuco. Su media naranja perfecta. ¿Qué interés podían tener esos dos en ver *Pasaje a la India*? ¿Qué les importaban a ellos las vicisitudes de dos damas británicas en las colonias?

No le hicimos caso. Puede incluso que, con el ruido de los motores, no todos le oyéramos. Doblamos la esquina del Tívoli y seguimos nuestro camino.

Antes he dicho Vespinos, pero me has pedido que sea riguroso, así que quiero aclarar que no todas nuestras motos eran de esa marca. Marieta y los gemelos —Bruno y David— conducían unas Derbis Variant de tonos metalizados que se arrancaban apretando un botón, sin necesidad de dar pedales o empujarlas. Motos de señorito, les decíamos los demás en broma. Javi y yo teníamos Mobylettes. Él, una Liberty roja llena de pegatinas, bastante maltrecha, heredada de su hermano. Yo, una Cady algo ambigua que compartía con Tesa. La careta y los colores —era negra, con los radios y la pata de cabra naranjas— emitían una virilidad innegable que, sin embargo, no bastaba para contrarrestar el femenino efecto de la cesta cromada. No sé a los demás, pero a mí lo que más me gustaba de las motos era el ruido, ese estruendo arrogante que, cuando íbamos todos juntos, hacía que la gente dejara lo que estuviera haciendo para mirarnos. La mayor parte de las veces no teníamos un destino fijo. Recorríamos Tabira por el mero placer de alterarla. Otras sí. Otras íbamos a la piscina municipal. O a las canchas de los Salesianos. O, como aquella tarde de agosto, a ver la puesta de sol al mirador del hotel Baracoa.

Rodeamos como un escuadrón las terrazas llenas de turistas de la plaza del Foro y pasamos junto al muro norte de la iglesia de San Dimas. Sobre la cornisa, entre dos canecillos con decoración de hojarasca, había incrustada una bala de cañón que, según decían las guías, habían disparado los franceses durante la guerra de la Independencia. La intemperie la había oxidado y la lluvia había hecho brotar de su superficie unos regueros cobrizos que resbalaban por la mampostería. Yo había visto esos regueros infinidad de veces, pero hasta esa tarde no me había parado a pensar que parecían sangre. Que aquel muro de arenisca y pizarra estaba herido. Que, como Pilar, la iglesia de San Dimas se moría.

Al doblar la siguiente esquina —la de la cafetería Aqualung—, Raúl tumbó la moto más de la cuenta y estuvo a punto de caerse. La rueda trasera dio un patinazo y serpenteó sin control varios metros. Luego se enderezó y siguió rodando con normalidad. Tras el susto, todos frenamos un poco. Salimos a la calle Correos, salvamos la rotonda de los Juzgados, franqueamos la muralla y enfilamos la cuesta del Portón, que se estiraba a nuestros pies como una larga raya de lápiz, cada vez más fina y difusa, vibrante bajo el sol angulado de las siete de la tarde. Abajo, en un silencio falso, fabricado por la distancia, discurría la carretera general. Al otro lado del cruce sin semáforo nacían dos caminos asfaltados divergentes entre cuyos trazados se alzaba la chopera triangular de la Culebra. Más allá, detrás de los caseríos dispersos y los parches de cebada y lúpulo, se divisaban los picos quebrados de la sierra Perdida. Empezamos a bajar la cuesta en bloque. La pendiente era muy pronunciada y obligaba a usar el freno casi desde el principio, para poder detenerse sin sobresaltos al llegar al cruce. Pero yo no lo hice. Al contrario, aceleré y pegué la cara al cuentakilómetros para disminuir la resistencia del aire. Adelanté al grupo y creo recordar que alguien me gritó que adónde iba, que frenara, pero no estoy muy seguro porque mi confusión y el ruido de los motores lo tapaban todo. La moto temblaba. El viento hacía que me lloraran los ojos. Entonces pensé en Noemí. En lo mucho que la echaba de menos. Por un instante la sentí abrazada a mi espalda, con la barbilla apoyada en mi hombro, hablándome al oído mientras nos disolvíamos juntos en aquel torbellino de miedo y errores. Roté el acelerador al máximo y seguí bajando con los brazos en tensión y el niqui pegado al torso. Vi a través de las lágrimas que la cuesta se acababa. Vi también que por la derecha se acercaba al cruce un camión con un tráiler muy grande. Al rebasar la raya blanca del *stop*, oí el clamor de los frenos y el claxon. Apreté los ojos y, aterrorizado, entré como un cometa en una negrura deslumbrante. Durante una fracción de segundo transité por un vacío astral, esperando el impacto, el golpe brutal que me desintegraría y acabaría con todo. Pero no ocurrió nada. Cuando abrí los ojos, ya estaba en la otra orilla. Frené en seco para no estrellarme con los chopos de la Culebra. La moto derrapó y, dibujando un arco sobre el firme, giró ciento ochenta grados y quedó mirando hacia la carretera.

El camión se alejaba bramando. Tenía varios pisos y estaba lleno de ovejas que balaban asustadas por la sacudida y el ruido. El aire olía a goma quemada y estiércol. Un remolino de briznas de paja se agitaba en el humo del frenazo. En la cuesta, esparcidos por la pendiente, estaban ellos. La pandilla. De pie, con las manos en los manillares de las motos, mirándome con estupor. Como si no me conociesen. Como si ya no supieran quién era.

I

PLEAMAR

TESA

—Me muero —susurró Pilar mientras nos servía la sopa.

No le prestamos atención porque creímos que no había terminado la frase. Nos pusimos a comer tan tranquilos, convencidos de que no tardaría en añadir lo que faltaba. Yo pensé que iba a decir «Me muero de calor». Era un desapacible mediodía de abril y en casa hacía fresco, pero Pilar se acaloraba mucho en la cocina. Ariel me comentó después que a él le pareció que se iba a quejar del cansancio. En las últimas semanas nuestra madre había perdido peso. Tenía mala cara y se movía cada vez más despacio, como si le costara trabajo desplazarse de un sitio a otro. Cuando le preguntábamos si estaba bien, ella sonreía y respondía que claro. Gonzalo no sé qué pensó. Nunca —ni entonces ni ahora— he sabido lo que piensa mi padre.

Pero nos equivocamos. No solo no terminó la frase, sino que, después de servirse la sopa —Pilar siempre se servía la última—, se colocó la mano abierta sobre el pecho y repitió:

—Me muero.

Dejamos de comer para mirarla.

Llovía. Las gotas chocaban como salivazos contra la ventana del cuarto de estar. Algunas rebotaban con fuerza y, pulverizadas por el golpe, volvían al aguacero. Otras se pegaban al cristal para observarnos. La televisión estaba puesta sin volumen. Ajeno a nuestra expectación, el busto amable de Manuel Campo Vidal daba las noticias en silencio, moviendo la boca como un muñeco sin ventrílocuo. En la pared, en un estante de tres baldas, se alineaban los relojes despertadores antiguos que Gonzalo compraba en el Rastro. Solo uno funcionaba, un Repetition francés con campanillas y carcasa de cobre que, según reiteraba él con orgullo, había conseguido a precio de ganga. Era más grande que los otros y marcaba el tiempo con un tictac imperioso.

—Cómo que te mueres —dijo Ariel.

Pilar nos dio entonces la noticia. Nos dijo que se había hecho pruebas y tenía un cáncer de páncreas en fase cuatro. Adelantándose a nuestra pregunta, aclaró que eso significaba que había metástasis. El tumor se había extendido como una pleamar venenosa por el bazo y los ganglios linfáticos. Y, aunque en los análisis aún no se percibía, era más que probable que hubiera afectado también a otros órganos.

—El médico me da cuatro meses. Seis como máximo —dijo con la mirada perdida.

—¿Por qué no habías dicho nada? —dijo Gonzalo.

Puede que sean imaginaciones mías, pero a mí me pareció que lo decía enfadado, como si lo que de verdad lo descolocaba no fuera que Pilar estuviese enferma sino lo mucho que había tardado él en enterarse. Tenía la cuchara en la mano, a medio camino entre la mesa y la boca. Al ir a posarla en el plato, parte de la sopa se derramó y formó en el mantel blanco una mancha amarillenta.

—No quería preocuparos.

—Algo podrá hacerse, ¿no? —dijo Ariel—. Habrá algún tratamiento...

—Nada, hijo. Está demasiado avanzado.

Ariel pensó un instante, tratando —como yo— de abarcar con la mente la enormidad de lo que estaba pasando. De lo que iba a pasar. La lluvia apedreaba la ventana. El tictac del reloj se hacía más y más autoritario. En la pantalla del televisor, Manuel Campo Vidal seguía hablando en silencio, pero ya no resultaba amable, sino inoportuno y hueco. Ariel negó varias veces con la cabeza, se quitó la servilleta del regazo, se levantó y abrazó llorando a Pilar. En un primer momento, Pilar no reaccionó. Se mantuvo inmóvil en la silla mientras Ariel le acariciaba el pelo y le besaba la frente. Luego se echó también a llorar. Le cogí la mano y, evitando mirar a Gonzalo, pensé que aquello era imposible, que mi madre no podía morirse. Yo tenía veinte años y, una semana antes, Ariel había cumplido los dieciocho. Para celebrarlo, Pilar le había hecho arroz con leche —su postre favorito— y le había regalado un frasco de Atkinsons. En febrero había cambiado la moqueta del salón, que ya estaba algo raída. Aprovechando el impulso renovador, había hecho repintar la cocina y el baño. En el mueble del cuarto de estar, entre el cisne de Lladró que había traído la abuela Fuensanta en una de sus visitas y la deforme campesina de arcilla que había modelado yo en cuarto de EGB para el Día de la Madre, había dos pilas de Telvas ordenadas cronológicamente, desde la de octubre del ochenta y uno —cuando Pilar empezó a comprar la revista— hasta la más reciente, la de abril del ochenta y cinco. En el calendario de Artis Mutis que colgaba de la puerta de la cocina, junto a la cesta del pan, estaba marcada con un círculo rojo mi próxima cita con el dentista.

Lo que intento decirte con esto es que todo en nuestras vidas emanaba continuidad. Todo lo que nos rodeaba parecía augurar la prolongación indefinida del presente. ¿Cómo era posible entonces que Pilar se estuviera muriendo? ¿Y por qué tenía que irse ella cuando todo lo demás seguía en su sitio? Traté de imaginar su ausencia, el vacío de su no ser, y sentí vértigo. Sentí también una molestia física, una especie de punzada general, sin epicentro, que me obligó a tensar el cuerpo y apretar los puños. El tictac del reloj se hizo insufrible. Después de lo que nos había dicho Pilar, me pareció ofensivo que aquel manojo de tornillos y ruedas dentadas siguiera martillando el aire de una forma tan insolente. De pronto el dolor se apagó. Destensé despacio los músculos mientras Ariel volvía a su silla frotándose las lágrimas con las yemas de los dedos.

—Tiene que haber algún tratamiento —persistió con la respiración entrecortada por los últimos sollozos.

Gonzalo separó un poco los labios, como si fuese a decir algo. Miró a Pilar con un gesto abatido que podía ser de tristeza, pero también de otras cosas. Chasqueó la lengua. Luego volvió a juntar los labios, agachó la cabeza y se puso a remover la sopa con la cuchara.

No pude soportarlo más. Solté la mano de Pilar y empujé hacia atrás mi silla. Me puse en pie furiosa, rodeé la mesa y, ante el asombro de todos, cogí el reloj del estante y salí corriendo hacia el pasillo. El aliento gris del chaparrón alumbraba a duras penas el cuarto de estar, que daba a la calle, pero dejaba el pasillo en penumbra. Esquivé a ciegas el mueble del teléfono, con el que solíamos tropezar incluso cuando había luz suficiente. Midiendo mal el espacio, doblé a la izquierda antes de tiempo y golpeé con el hombro el marco de la puerta de la cocina. Entré dando tumbos y tuve que apoyarme en la encimera para no caerme. Una vez recobrado el equilibrio, saqué el cubo de la basura de debajo del fregadero y arrojé en él el reloj. Quedó escorado como un barco viejo, con las agujas y los números romanos mirando hacia arriba, medio sepultado bajo un pringoso revoltijo de cartones de leche, huesos de pollo, pieles de plátano, restos de salsa y envases de yogur estrujados. Pese a la dureza de la caída, su tictac se mantenía intacto. Resonaba como un insulto repetido en la grisura alicatada de la cocina. Metí el pie en el cubo y pisé el reloj una y otra vez, hasta que por fin dejó de oírse su pulso mecánico. Levanté un poco el pie, sin sacarlo del todo del cubo. El cristal y la aguja grande se habían roto. Del dobladillo de mis pantalones vaqueros colgaba un hilo húmedo que me pareció clara de huevo, quizás aceite. En el empeine del mocasín náutico rosa se había enredado una monda marrón de manzana. Cuatro meses, pensé. Seis como máximo. Y lloré —yo también— mientras el día se hacía noche y la lluvia se estrellaba contra las ventanas como una bandada de pájaros ciegos.

DR. BLÁZQUEZ

Está todo en la historia clínica, pero, dado tu interés, te cuento lo que yo recuerdo. La paciente —Pilar— llegó a mi consulta con síntomas poco específicos. Había perdido peso. Decía que no tenía apetito y que la comida le daba náuseas. Se quejaba también de un dolor abdominal constante que le llegaba hasta la espalda y no le dejaba dormir por las noches. Lo que más me preocupó, sin embargo, fue la ictericia. La ecografía y los exámenes de laboratorio iniciales no arrojaron resultados concluyentes. El TAC sí. En la imagen se apreciaba un tumor exocrino de cabeza de páncreas muy extendido y, por lo tanto, no resecable, imposible de operar. Las expectativas eran muy pobres. Lo único que podía hacerse a esas alturas era aplicar un tratamiento de fármacos quimioterápicos para aumentar el tiempo de supervivencia y mitigar en lo posible los estragos de la enfermedad. La mayoría de los pacientes se derrumban al recibir esta información. Pilar no. Ella permaneció serena en la silla, con la espalda muy recta y las manos apoyadas en el bolso que tenía sobre las rodillas.

Lo que voy a decirte ahora se sale de lo profesional, de lo estrictamente médico, pero creo que es importante. Si me acuerdo tan bien del caso de Pilar, no es por la gravedad de su afección —fue hace muchos años y desde entonces he tratado a centenares de pacientes con cáncer—, sino porque me dio la impresión de que no le importaba morirse. No digo que lo deseara, Dios me libre. Lo que digo es que la idea no parecía turbarla en absoluto. Y eso, según mi experiencia, es muy extraño. Puede que la procesión fuera por dentro. O que ya llevara tiempo intuyendo lo que le pasaba y el diagnóstico no la cogiera de nuevas. Quién sabe. Otra cosa que me llamó la atención fue lo desamparada que estaba. La gente, por lo general, acude acompañada a mi consulta. Debido a mi especialidad, suelo dar malas noticias y siempre viene bien un brazo al que agarrarse, alguien con quien compartir la angustia. Te parecerá absurdo, pero he llegado a tener pacientes que, a falta de familiares o amigos, han venido a verme con sus perros y sus gatos. Cualquier cosa antes que enfrentarse sin apoyo a un dictamen fatal. Pilar, sin embargo, venía sola. Al menos al principio. Más tarde conocí a su familia, claro. A su marido, tan distante e inseguro. A sus dos hijos. Tan confusos. Tan visiblemente atribulados. A su madre. Pero la imagen que guardo de ella en la memoria es la de las primeras visitas: una mujer menuda, de pocas palabras, sentada ante mí como una niña sin techo.

Dicho esto, vuelvo a las cuestiones médicas, que es lo que me compete. Para paliar la ictericia tuve que insertarle un *stent* endoscópico en el conducto biliar. En cuanto al tratamiento, a los fármacos quimioterápicos hubo que añadir muchos otros. Antiinflamatorios para el dolor abdominal. Suplementos nutricionales. Enzimas pancreáticas. Antieméticos para evitar las náuseas y los vómitos. Antidepresivos. Anticoagulantes. Inductores del apetito. Pilar estuvo bien un tiempo. Luego, como era de esperar, el cáncer empezó a doblegarla. El abdomen se le llenó de líquido. El dolor se hizo crónico. Perdió del todo el apetito. Los pies se le hincharon de tal modo que solo podía usar zapatillas de estar en casa. En un momento dado sufrió una hemorragia interna y hubo que ingresarla. A partir de ahí sus entradas y salidas del hospital fueron constantes, hasta que un día, después de reemplazarle el *stent*, que se había roto, le sugerí que quizás era más prudente que no volviese a casa.

—Estarás mejor aquí —le dije—. Mejor atendida.

Había adelgazado tanto que apenas abultaba la sábana.

La hija le acarició la frente. El hijo se volvió y, tapándose la boca con la mano, se acercó a la ventana entreabierta. Era casi verano. El aire de la calle olía a verde y a cloro de piscina. Pilar giró la cara hacia su marido, que estaba a mi lado con la cabeza gacha y las manos enlazadas sobre el estómago. Clavó en él sus ojos amarillos. Luego los apartó y, sin modulación alguna, sin mirar ya a ningún sitio, susurró:

—Quiero irme al pueblo. Quiero morir en Tabira.

GONZALO

Se lo dije a Pilar muchas veces: lo de la niña fue culpa de aquel test de inteligencia que le hicieron en el colegio. Ella me miraba con irritación, como si le pareciera evidente de quién era en realidad la culpa y la exasperara que yo no fuese capaz de verlo. «Tesa antes no era así», decía yo. «Antes del test.» A lo que ella siempre replicaba: «Si te quedas más tranquilo...». Y es que, por más vueltas que le daba, a mí no se me ocurría otra explicación para el cambio de carácter que había sufrido nuestra hija.

Había antecedentes de su rebeldía. Pocos, pero los había. Estaba por ejemplo lo que hizo aquellas Navidades, cuando tenía seis o siete años. Ya era de noche y volvíamos a casa después de comprar turrón y frutas escarchadas en una confitería de la calle Santa Engracia. Tesa iba con Pilar, cantando villancicos de Parchís. Yo llevaba a Ariel en los brazos. Hacía un frío crudo que convertía en vaho el aliento y tensaba la piel de los labios. De pronto a Tesa le llamó la atención el escaparate de una tienda de muebles. Todo en él estaba cubierto con espumillón de colores. En el centro, iluminado por dos focos, un mono de plástico vestido de Papá Noel daba vueltas en un trapecio. Tesa se soltó de Pilar y corrió a verlo de cerca. Pegó la cara al cristal y, a través de su propio aliento, observó fascinada cómo el mono giraba una, dos, tres veces. Pilar la cogió de nuevo de la mano y tiró de ella con decisión.

—Ya lo verás otro día, hija, que ahora hace mucho frío —dijo, reanudando la marcha.

Tesa no paró de protestar el resto del camino, lo cual era raro porque siempre obedecía a la primera. Siguió refunfuñando en casa mientras se quitaba los guantes, la bufanda y la trenca, mientras ayudaba a Pilar a poner la mesa para la cena, mientras picoteaba con desgana su plato de huevos fritos y jamón york. Que quería ir a ver el mono, decía. Que no entendía por qué no la dejábamos.

—Vale ya, Tesa —le dije muy serio.

Pero ella siguió quejándose, mascullando indignada que era injusto, que cuando fuese mayor pensaba hacer lo que le diera la gana, hasta que Pilar y yo perdimos la paciencia y la mandamos a su cuarto sin postre. Era, que yo recuerde, la primera vez que la castigábamos, y estábamos algo perplejos. Terminamos de cenar en silencio. Luego recogimos la mesa, acostamos a Ariel y vimos un rato la televisión. Ponían *Un hombre en casa*, una serie de enredos británica que divertía mucho a Pilar. Aquella noche, sin embargo, no fue capaz de disfrutarla. En la segunda tanda de anuncios se levantó del sofá y fue a ver cómo estaba Tesa. Encontró su cuarto vacío. Vino a avisarme y, extrañados, la buscamos por toda la casa. Miramos hasta en los armarios, pero no hallamos rastro de ella. Entonces nos dimos cuenta de que su trenca no estaba en el perchero.

Tampoco estaban las llaves que yo solía dejar sobre el mueble del *hall*. La extrañeza se convirtió en alarma.

—Voy a buscarla —dije.

No tuve tiempo de descolgar el abrigo. La cerradura de la entrada emitió un chasquido. A continuación se abrió la puerta y en el hueco creciente vimos surgir el rostro victorioso y amedrentado de Tesa.

Hubo más. Antecedentes, quiero decir. Muy aislados, eso sí, porque si algo definió el carácter de Tesa hasta los dieciséis años fue la docilidad. Ayudaba en casa. Iba bien en el colegio. Era educada y atenta. Y no había que repetirle las cosas mil veces como a su hermano, que siempre fue más travieso. Tesa, para bien o para mal, había heredado mis genes mansos. Hasta que le hicieron aquel test y, de la noche a la mañana, el carácter le dio un vuelco. Llegó a casa un mediodía y, en vez de poner la mesa, como hacía siempre, me entregó sin decir nada una carpeta de cartulina blanca y se fue directa a su habitación. En la esquina superior izquierda de la carátula había una ventanilla rectangular en la que aparecían mecanografiados su nombre y el del colegio. El centro lo ocupaba el logo de un gabinete psicológico: el perfil de una cabeza naranja llena de engranajes azules. Pilar estaba en la cocina. Ariel, en su cuarto, tratando de descifrar la letra de «Yesterday» con un viejo casete de pilas. Me senté en el sofá del salón, abrí la carpeta y leí el informe. Han pasado muchos años y he olvidado buena parte de su contenido. Cuando me pediste que escribiera esto, puse la casa patas arriba buscándolo, pero no di con él. Lo más probable, si no se ha perdido, es que lo tenga Tesa. Yo solo recuerdo lo esencial. Que la niña tenía un cociente intelectual de setenta y tres, lo que la situaba en el tramo bajo del grupo de los ligeramente débiles o retrasados. Y que carecía de las facultades mentales básicas para sacar adelante una carrera universitaria.

A partir de ahí, Tesa fue otra persona. Se convirtió en una muchacha esquiva a quien ni Pilar ni yo conocíamos. Dejó de ayudar en casa. Empezó a suspender asignaturas que hasta entonces había aprobado con solvencia. Adoptó un deje chulesco, cortante, que usaba sobre todo para dar malas contestaciones. Se tatuó sin pedirnos permiso una mariposa en el brazo. En vez de mamá y papá, como nos había llamado siempre, cogió la costumbre de llamarnos por nuestro nombre. A Ariel le pareció gracioso y no tardó en hacer lo mismo. Así, lo que empezó como una táctica para desafiarnos y marcar distancias acabó siendo la forma habitual en que ambos se dirigían a nosotros. Como remate de su metamorfosis, a Tesa le dio por salir con chicos poco recomendables. Chicos por lo general mayores que ella, con pelo largo, botas vaqueras, mirada turbia y la cajetilla de tabaco metida en la manga de la camiseta. Chicos toscos que no le llegaban ni a la suela de los zapatos. Llamaban al telefonillo los sábados por la tarde y decían que eran el Isma o el Pitufo o el Tobas, y que si estaba Tesa. Pilar y yo nos asomábamos a la ventana del cuarto de estar y los veíamos alejarse por la calle García de Paredes. A veces iban separados, charlando con una animación que Tesa ya nunca mostraba en casa. Otras, el chico de turno le rodeaba el cuello con el brazo y la besaba en la boca mientras caminaban.

Pobre Tesa.

Aquel test, no me cabe duda, la desbarató por dentro. Su madre y yo intentamos convencerla de que no significaba nada. Una y otra vez le dijimos que la inteligencia está sobrevalorada porque lo que de verdad importa, lo que de verdad nos lleva a donde queremos ir, no es el intelecto, sino la constancia y el carácter. «Anda que no hay gente lista por ahí que jamás llegará a ningún sitio», le decíamos para animarla. Pero ella no nos hizo caso. Decidió que con una mente tan endeble no merecía la pena aspirar a nada. Cualquier cosa que emprendiera en esas condiciones, concluyó, estaba abocada al fracaso. Por eso se abandonó. Se perdió el respeto. Y, como era mi hija y había heredado mis genes, me echó la culpa de sus carencias y empezó a odiarme.

Tuvo que ser eso lo que pasó.

Por más vueltas que le doy, no se me ocurre otra cosa.

ARIEL

Cuando llegué a la Caja de Reclutas para tallarme, ya había un montón de chicos esperando a la puerta. A dos de ellos los conocía del barrio. Uno era Chencho, el hijo manco del dueño del bar Finisterre. Decían que de niño se había caído de un árbol de la plaza de Olavide y se había roto un codo. Para evitar que su padre lo castigara por subirse a donde no debía, se había tragado el dolor y se había pasado diez días disimulando, con el brazo doblado pegado a las costillas. Cuando por fin confesó lo que le había ocurrido, ya era demasiado tarde. Los huesos rotos se habían fusionado y no hubo forma de recomponerlos. El brazo se le quedó flexionado para siempre en un ángulo de setenta grados. Eso es lo que decían, aunque ya sabes que en los barrios se dicen muchas cosas y no todas son ciertas. El otro chico se llamaba Róber y vivía cerca de casa, en la calle Ponce de León.

—Qué hay —dije.

—Qué hay —respondieron ellos, levantando un poco la barbilla.

Y no supimos qué más decirnos.

Yo llevaba varias noches sin pegar ojo pensando en aquel reconocimiento médico. Me repelía la idea de hacer la mili, de tener que disfrazarme de soldado y perder todo un año recibiendo órdenes absurdas, desfilando con un fusil al hombro. Acababan de aprobar la ley de objeción de conciencia, pero esa alternativa, la de la prestación social sustitutoria, me parecía casi igual de intolerable que el ejército. ¿Quién era esa gente para disponer así de mi vida? Yo lo que quería era salvarme de una cosa y de la otra, de las guardias nocturnas y del voluntariado a la fuerza. Quería seguir siendo libre. Y la única forma de lograrlo era que me declararan inútil en el reconocimiento. Mi futuro dependía de eso.

Un militar de uniforme se asomó a la puerta y nos mandó pasar. Puede que fuera un cabo, o quizá un teniente: nunca he sabido la diferencia. Chencho, Róber y yo nos miramos y, aprovechando el embudo de la entrada, formamos una piña. Debo aclarar que, aunque nos conocíamos, no éramos amigos. Las rutinas del barrio hacían que de vez en cuando nuestras vidas se rozaran, pero nunca habíamos quedado para hacer nada juntos. A Chencho solía verlo echando una mano en el Finisterre los viernes por la tarde, cuando iba con mi pandilla del colegio a comer patatas bravas y beber minis de cerveza. Con Róber había coincidido de niño en las misas de la Milagrosa y en algún que otro cumpleaños. Sin embargo, esa mañana, rodeados de todos aquellos desconocidos en la crudeza inhóspita de la Caja de Reclutas, sí sentimos que lo éramos. Amigos, quiero decir. Nos arracimamos de forma instintiva y nos sentamos juntos a esperar a que el mismo militar que nos había abierto la puerta leyera en una lista nuestros nombres.

Era una sala grande pintada de verde pálido, sin más decoración que un crucifijo de plata y una foto enmarcada del rey. Del techo pendían tres ventiladores de aspas. Giraban a poca velocidad, removiendo el aire sin llegar a refrescarlo. Las sillas estaban dispuestas en filas, como si fuese un aula. No había suficientes y muchos chicos tuvieron que esperar de pie, con la espalda apoyada en las paredes. Miré a mi alrededor y, viéndolos cuchichear y cambiar nerviosamente de postura, imaginé a sus madres en casa. Me las figuré cocinando, haciendo las camas, pasando el aspirador por las alfombras. Pensé que era injusto que ellas tuvieran salud cuando a Pilar la estaba consumiendo el cáncer. ¿Por qué ella? ¿Por qué mi madre y no las de los demás? Anhelé con furia poder cambiar las tornas. Deseé con todas mis fuerzas que las madres de esos chicos enfermaran para que la mía volviera a ser la de antes. Me di cuenta en el acto de la vileza de mi deseo. «Deberías avergonzarte», me dije. Pero no lo hice. Oí que el militar uniformado decía mi nombre y me dirigí a la sala contigua pensando que Pilar merecía el sacrificio. Eso no me deja en buen lugar, lo sé. Pero no quiero mentirte. Solo quiero que me entiendas.

Fue un reconocimiento muy básico, practicado con parsimonia por un médico gordo embutido en una bata blanca y un secretario que, sin dejar un instante de fumar, iba anotando los datos en un registro. A Chencho lo descartaron enseguida. En cuanto confirmaron que lo del brazo no era un truco, lo declararon inútil total y lo mandaron a su casa.

—Algo bueno tenía que tener estar tullido —dijo al irse.

A los demás nos hicieron quedarnos en calzoncillos. Uno a uno, mientras la habitación se llenaba de humo, nos pesaron, nos auscultaron, nos midieron la estatura y el perímetro torácico, nos miraron los dientes, los oídos y los ojos. Incluso nos palparon los testículos y nos mandaron toser para ver si teníamos hernias. Antes de dejarme marchar, el médico me preguntó si alegaba algún defecto físico que me impidiera servir a la patria. El sudor le resbalaba por la frente y le formaba cercos oscuros en las axilas. Respiraba con dificultad. Tenía los labios carnosos, húmedos. Quise explicarle que mi verdadera alegación no era física, que si no podía hacer la mili no era porque tuviera los pies planos o fuera manco como Chencho. Pero ya no era un niño y empezaba a sospechar que el mundo no funciona con verdades, así que lo único que dije fue: «Escoliosis».

A la salida, Róber y yo nos reencontramos. A él le habían declarado útil para el servicio. A mí, útil pendiente de fallo. En el camino de vuelta al barrio nos reímos de la oronda obesidad del médico, que apenas le permitía acercarse a los quintos para medirles el tórax. Pero era una risa imperfecta, manchada de miedo. Aunque no lo dijésemos en voz alta, ambos éramos conscientes de que ante nosotros se había abierto un abismo. Nos despedimos con un simple «chao» en su portal, que a mí me cogía de paso. Mientras me alejaba, me fijé en un anciano que paseaba un caniche al otro lado de la calle. Iban los dos muy despacio, como si no importaran el tiempo ni la distancia. El anciano llevaba puestos unos pantalones milrayas que le quedaban cortos y dejaban al aire sus tobillos de pájaro. Cada pocos pasos el caniche se detenía para olfatear las farolas, los árboles, las patas de los bancos.

Esa misma tarde Pilar sufrió un desmayo y hubo que ingresarla.

A Chencho seguí viéndolo algunos viernes en el Finisterre. Con Róber no recuerdo haber vuelto a coincidir desde entonces.

EL TOBAS

Tesa. Cómo me gustaba esa chica.

Yo por aquella época andaba bastante fastidiado. Mis padres no se soportaban. No es que se llevaran mal, es que se odiaban. Una noche sí y otra también mi padre llegaba a casa borracho, buscando cualquier excusa para liarse a gritos con mi madre. Después de tanto tiempo, sigo sin entender de dónde le venía la rabia. A veces pienso que su amargura no tenía nada que ver con nosotros. Que era solo suya. De fábrica. El caso es que entraba dando trompicones a las dos de la mañana, preguntando a voz en cuello que dónde cojones estaba su cena. El alcohol le soltaba la mano. Normalmente la tomaba con las puertas o con los objetos que le salían al paso. Rompía tantas cosas que en un momento dado mi madre decidió que era inútil reponerlas. Cuando yo me fui de casa, poco después de dejarlo con Tesa —me independicé, no es que me escapara—, no quedaba una puerta sana y el piso parecía un hospital robado. En dos o tres ocasiones mi padre pegó a mi madre. Yo no estaba en casa y casi mejor así porque, de haber estado, no sé lo que habría sucedido. Hay que decir también que mi madre no era ninguna santa. Tenía su propia rabia. Su propia forma de ser desgraciada. Desde que tengo uso de razón la recuerdo menospreciando a mi padre. Que si era un vago. Que si no valía para nada. Que si cualquier día cogía sus cosas y se iba con otro. Y no era justo. Mi padre no era perfecto, eso está claro, pero hacía lo que podía. No era cariñoso —nadie le había enseñado a serlo—, pero se deslomaba a diario en la cadena de montaje de la Seat para que no faltara en nuestra mesa un plato de comida caliente. Al César lo que es del César.

Con ese panorama yo solo iba a casa a dormir, y no siempre. A veces me quedaba en la buhardilla de Senén, el primero de mis colegas que tuvo un techo propio. Fue allí donde conocí a Tesa. La trajo una noche otro colega al que llamábamos el Pupas porque siempre le dolía algo. A ella y a su amiga África. Venían de Malasaña de ver tocar a alguien, no recuerdo a quién. África se dejó caer con un suspiro junto a Senén en el sillón de dos plazas. Tesa se sentó con el Pupas en el sofá cama. Ella, en un extremo. Él, en el centro, a mi lado. Por el espacio que dejaron entre ellos, supuse que no estaban juntos. Y me alegré mucho porque Tesa me gustó en el acto. Tenía los ojos verdes y una melena roja que brillaba como si estuviera encendida. Y te parecerá cursi que diga esto, pero tenía unas manos muy bonitas: blancas, finas, con los dedos muy largos. Manos de pianista, como suele decirse. Además de guapa, era muy joven —debíamos de sacarle tres o cuatro años— y no encajaba en aquella buhardilla.

Por aquel entonces mis colegas y yo éramos *rockabillys*. Llevábamos tupé, los bajos de los vaqueros doblados y gafas negras aunque no hiciera sol. Escuchábamos con devoción a Johnny Cash, Roy Orbison y Jerry Lee Lewis. Fumábamos hachís y mariguana. Jugábamos al *pinball*. Nuestra zona de acción era los bares canallas y las salas de conciertos de Malasaña, donde veíamos a grupos como Los Rebeldes, Loquillo, Gabinete Caligari o Los Coyotes. La buhardilla de Senén siempre estaba patas arriba. Había por todas partes litronas vacías, platos grasientos y vasos con colillas flotando en vino Savin. La moqueta estaba sucia y llena de calvas. En las paredes había pósteres viejos clavados con chinchetas, sobre todo de Elvis Presley. Elvis vestido de cuero. Elvis soldado. Elvis en Las Vegas. Elvis multiplicado por cuatro bailando el *rock* de la cárcel con una cazadora oscura y una camisa de preso. Pero lo peor era el olor, una mezcla de cerveza rancia, costo y comida pasada de fecha a la que uno nunca acababa de acostumbrarse. Y en medio de todo eso apareció Tesa, oliendo a colonia, casi infantil con sus náuticos rosas y su jersey amarillo de Don Algodón.

Esa noche apenas hablé con ella. El Pupas quería impresionarla y sacó todo su repertorio de mañas e historias graciosas. Contó sin dejarnos meter baza el viaje que habíamos hecho a Valencia el verano anterior, cuando nos bañamos desnudos en la playa de la Malvarrosa. Lio porros con una mano. Abrió litronas con los dientes. Hasta cantó una desafinada versión de «In the Ghetto». Un pavo real con tupé, para que te hagas una idea. Tesa lo escuchaba con los ojos muy abiertos, divertida pero sin dar señal alguna de reciprocidad. Cada poco dejaba vagar la mirada por la buhardilla, yo diría que con curiosidad, como si todo aquel desbarajuste, más que desagradarle, le resultase exótico. Saltaba a la vista que se lo estaba pasando bien y que no tenía la más mínima intención de dejarse seducir por nadie. El único que no se dio cuenta de esto último fue el Pupas. Animado por la atención que ella le prestaba, debió de creer que la tenía en el bote y persistió ridículamente en su empeño. Está mal que lo diga, pero siempre me avergonzó un poco ver ligar a mis colegas. Imagino que a ellos les pasaría lo mismo conmigo. Ligar, creo yo, es algo que uno debería hacer sin testigos.

La que sí había venido guerrera era África. Yo estaba tan pendiente de Tesa —de sus manos, de su sonrisa, de la forma en que entornaba los ojos mientras el Pupas le hablaba— que no me enteré de lo que pasaba en el sillón hasta que empezaron los jadeos. Me volví de repente y vi a África montada a horcajadas sobre Senén, besándolo en la boca, moviendo adelante y atrás las caderas. Debido a la postura, se le había subido la falda. Llevaba unas bragas blancas de niña pequeña, con dibujitos de Snoopy y un reborde turquesa. El Pupas miró a la pareja con asombro, no porque le escandalizara que se estuvieran dando el lote delante de todos —eso ocurría a menudo en nuestra pandilla—, sino porque, estoy seguro, le dolía haberse equivocado de presa. Senén agarró a África del culo, se puso en pie con un gruñido y se la llevó en volandas al dormitorio.

A partir de ahí, la actitud de Tesa cambió. Ya no sonreía tanto. Ya no parecía tan divertida. Imagino que le entró miedo. Es natural. No dejaba de estar sola en una buhardilla mugrienta con dos *rockabillys* drogados a los que acababa de conocer. Pero no se fue enseguida. Se quedó a esperar a África. Por lealtad, supongo. Para no abandonarla a su suerte. A eso de las doce, mientras el Pupas estaba en el baño, Tesa me preguntó si yo no hablaba. «Ya lo habla todo él», contesté, y nos reímos. Del dormitorio no paraban de llegar gemidos y carcajadas. Tesa debió de pensar entonces que la suerte de su amiga no era tan mala, porque de pronto dejó el vaso sobre la caja de fruta que hacía las veces de mesilla y dijo que tenía que irse. El Pupas se ofreció a acompañarla a casa. Ella respondió que gracias, pero no hacía falta. Él insistió. Ella se puso seria y dijo que prefería volver sola.

En las semanas siguientes mi pandilla coincidió con la suya varias veces por Malasaña. Debíamos de formar un cuadro extraño: unos veinteañeros con los cinturones tachonados y el peine metido en el bolsillo de atrás de los vaqueros ligoteando con unas adolescentes que parecían sacadas de un anuncio de Anaïs Anaïs. Tras el rechazo de la primera noche, el Pupas había perdido toda esperanza de llegar a algo con Tesa, así que pude hablar más con ella. Tampoco mucho, lo que me dejaron el bullicio y la música a todo volumen de los garitos. Le expliqué lo de mi mote. Le dije que me lo habían puesto de niño por mi molesta costumbre, abandonada hacía muchos años, de dar tobas a la gente. Ella no sabía lo que era una toba, así que le hice una demostración. Dejé resbalar sobre el pulgar la uña del dedo índice y golpeé con ella su hombro. Tesa se quejó en broma, como si le hubiera hecho un daño tremendo. Yo le acaricié la zona herida para sanarla. Le conté también qué significaba para mí ser *rockabilly*. Me gustaban la música y la ropa, desde luego. Pero lo mejor era el espíritu de tribu, que te hacía sentir que eras alguien y te ayudaba a olvidar que tu vida, la miraras por donde la miraras, era un puñetero desastre. Ahí pensé que la había pifiado. Siempre he creído que a las mujeres se las conquista con la risa, no con lamentos, y aquel comentario era un giro hacia el fracaso. Por suerte, me equivoqué. Estábamos en la barra del Penta, esperando a que el camarero nos atendiese. En vez de hacerme la cruz o decirme, como tantas veces yo le había oído decir a mi madre, que los hombres tienen que salir llorados de casa, Tesa acercó la boca a mi oído y me preguntó si me apetecía dar una vuelta. Esa noche le hablé de mis padres en un banco de la plaza del Dos de Mayo, mientras unos *mods* me miraban de reojo y cantaban canciones de los Who bajo el arco de Daoíz y Velarde. Esa noche, también, nos besamos y empezamos a salir.

Solo duramos tres meses. Lo dejó ella, que conste. Yo me enamoré hasta el tuétano y habría seguido a su lado toda la vida. Antes te he dicho que en esa época estaba bastante fastidiado, por la situación que había en casa y porque, quitando las alegrías de ser *rockabilly*, todo lo que me rodeaba me parecía deprimente. No me gustaba estudiar, y los dos trabajos que había tenido hasta entonces —de aprendiz en un garaje y de chico de los recados en una frutería— me habían dejado en el estómago una bola de amargura que se parecía demasiado a la que arrastraban mis padres. En fin, que estaba hecho un lío. Y, como no tardé en descubrir, Tesa también tenía lo suyo. Un día me confesó que se llevaba mal con su padre. Yo le pregunté por qué y se le ensombreció la cara, pero no me quiso responder. Cada vez que iba a buscarla a su casa, ella hacía algo muy extraño. Se volvía de pronto mientras nos alejábamos juntos del portal y, si veía a su padre en la ventana, que era lo más habitual, me ordenaba en un susurro que le apretara el cuello con el brazo y la besara fuerte. «Bésame en plan macarra», me decía en un tono autoritario que me causaba rechazo y, al mismo tiempo, me excitaba. Y yo obedecía. La atraía hacia mí de un tirón y pegaba mi boca a la suya con tanta violencia que alguna vez llegué a hacerle sangre en los labios. Cumplía su orden porque ella me gustaba más de lo que nunca me había gustado nadie y temía que, si no lo hacía, si no me plegaba a su deseo, pudiera dejarme. Patético, ya lo sé. Un tiarrón de veinte años comiendo en la mano de una niña de diecisiete. Pero eso es lo que hay. Eso es lo que pasa cuando tú te enamoras y la otra persona no. Que te come el miedo. Que te vuelves vulnerable.

Un día Tesa propuso que nos hiciéramos un tatuaje. A mi la idea no me hacía mucha gracia. Aunque era *rockabilly*, yo asociaba los tatuajes con las tribus primitivas y los legionarios. Pero no fui capaz de negarme. Fuimos a un estudio de la calle Palma y elegimos del catálogo una mariposa roja. El tatuador, un hombre con una barba muy larga, cubierto de dibujos hasta las cejas, nos preguntó que dónde la queríamos. «Donde no se vea, por favor», pensé yo. «En el antebrazo», dijo Tesa entusiasmada. «¿Queréis que grabe también vuestros nombres?» Ella soltó una carcajada y contestó que ni hablar. Esa respuesta fue para mí una bengala. Un fogonazo que iluminó mis sospechas más negras. Mientras el tatuador me afeitaba el antebrazo, supe con toda seguridad que Tesa no me tomaba en serio y que se estaba viendo con otros. Mientras me desinfectaba la piel con un algodón empapado en alcohol, entendí que no solo no me quería, sino que era más que probable que ni siquiera le gustara. Mientras el hombre se ponía un guante de látex y colocaba la aguja en la máquina de tatuar, me di cuenta de que nuestra relación no podía ir a ningún lado porque tenía los cimientos podridos, porque todo lo que ella hacía —beber, fumar costo, hacerse tatuajes, salir con chicos mayores que ella— tenía como último motivo disgustar a su padre. Por fin, mientras la aguja me punzaba la piel, mientras los contornos de la mariposa se hacían dolorosamente visibles, comprendí que la guerra en la que estaba metida Tesa era, al igual que la de mis padres, una guerra propia en la que yo solo era carne de cañón.

Poco después de hacernos el tatuaje, Tesa empezó a ignorarme. No se ponía al teléfono cuando la llamaba para quedar. Su madre me decía que no estaba. O que estaba dormida, aunque fuesen las siete de la tarde. O que estaba estudiando, lo cual era difícil de creer porque Tesa, como yo, no se acercaba a los libros ni con un palo. En un par de ocasiones hablé también con su hermano. Él no se molestaba en mentir. «No quiere ponerse, lo siento», murmuraba con desgana cuando le decía quién era y colgaba de golpe, antes de que yo pudiera añadir nada ni dejar recado alguno. Una tarde fui a buscarla. Contestó ella el telefonillo, lo que me hizo pensar que esperaba a alguien. «Se acabó, Tobas. No insistas. No quiero salir más contigo», dijo. Le pedí otra oportunidad. Gimoteé. Me humillé. Pero ella fue inflexible. Vencido, dije adiós y eché a andar por la acera. Al cruzar la calle me volví y vi a su padre en la ventana. Con una mano mantenía abierta la cortina. La otra la tenía metida en el bolsillo del pantalón. «Bésame en plan macarra», oí en mi cabeza mientras él me miraba muy quieto, fijamente, sin ninguna expresión en la cara.

Eso, y otras cosas que me guardo para mí, es lo que recuerdo de Tesa.

Ahora tengo que dejarte. No he comido para poder escribir todo esto y me va a tocar volver a la cadena de montaje con el estómago vacío. Espero al menos que mi testimonio te haya aclarado algo. Me voy, pero antes quería preguntarte: ¿Cómo está Tesa? ¿Se ha casado? ¿Tú crees que si la llamara ahora, después de tantos años, se pondría al teléfono?

FUENSANTA

No entiendo a la gente que dice que no se arrepiente de nada. A esos que aseguran que, si volvieran a nacer, lo harían todo igual. O mienten o tienen muy mala memoria. Yo creo que es más bien lo primero. Porque, a partir de cierta edad, ¿quién no siente pesar por algo que ha hecho o ha dejado de hacer? ¿Y qué clase de tonto no aprovecharía el regalo de una segunda vida para enmendar en lo posible sus errores? Yo, desde luego, me arrepiento de muchas cosas. Me arrepiento, por ejemplo, de haber dado aquel empujón a Pía Soler cuando éramos niñas. Estaba furiosa con ella porque, como siempre, había hecho trampa jugando a la tanga. No medí mis fuerzas. La empujé sin darme cuenta de lo poquita cosa que era y de lo cerca que estábamos de la calzada. Salió despedida hacia atrás, tropezó con el bordillo y cayó de espaldas en el centro de la carretera. Justo en ese momento pasó la furgoneta de Plinio, el lechero. Las dos ruedas derechas destruyeron la rodilla izquierda de Pía y la dejaron coja para los restos. Llevo más de setenta años viéndola arrastrar su pierna rígida por las calles de Tabira. ¿Hay peor castigo que ese?

Lamento también no haberme ido a Madrid a estudiar la carrera de música cuando terminé el bachillerato. La señorita Queti me animó mucho a hacerlo. Decía que tenía buen oído y un futuro asegurado como profesora. Pero por aquel entonces yo ya andaba de novia con Ginés, que en paz descanse, y preferí quedarme con mis padres en la droguería. No es que me haya ido mal. Ginés y yo nos quisimos mucho, y eso que estuvimos cincuenta y nueve años casados. La droguería, muy reformada —hay que adaptarse a los tiempos—, sigue dando de comer a la familia. Ahora la llevan mis hijos y mis nietos, y tengo la esperanza de que, llegado el momento, tomen el relevo mis bisnietos, aunque yo ya no estaré aquí para verlo. En general puedo decir que he tenido una vida decente y razonablemente feliz. ¿Qué más se puede pedir? Y aun así creo que, si naciera de nuevo, si me dieran esa segunda oportunidad de la que te hablaba antes, seguiría sin dudarlo el consejo de la señorita Queti.

Lamento más cosas, pero de todas ellas la que más me quita el sueño es no haberle hecho caso a mi intuición al hablar con mi hija Pilar aquel invierno. Nos llamábamos por teléfono todos los domingos y en febrero empecé a notarla rara. Hablábamos de lo de siempre. De la casa —Pilar había cambiado la moqueta del salón porque ya estaba muy vieja y estaba pensando en pintar la cocina y el baño—. De las novedades de Tabira, si las había. Del tiempo. De lo mal que iba el país —el paro era desde hacía meses un tema recurrente en las noticias—. Pero sobre todo hablábamos de los niños. Ariel andaba revuelto porque le había llegado el aviso para ir a tallarse y no sabía qué hacer para librarse de la mili. Por si eso fuera poco, se acercaba la selectividad. A los nervios por el examen se unía la inquietud de no saber qué quería estudiar. Unos días quería ser abogado. Otros psicólogo. Otros historiador, médico o economista. Un chico intranquilo, Ariel. Siempre cavilando. Preocupándose por todo. En cuanto a Tesa, seguía dando mucha lata. No estudiaba. No buscaba trabajo. Para qué, decía, estando las cosas como estaban. Y tenía novios cada vez más raros. El último era un chico de casi treinta años con pinta de heroinómano que había estado en la cárcel por atracar a un hombre que resultó ser policía. «Ya no sé qué hacer con ella —me decía Pilar—. Cualquier día nos va a dar un disgusto.»

Hablábamos un rato y al colgar me quedaba la sensación de que le pasaba algo. Algo que no guardaba relación con los niños ni con la casa ni con lo mal que iba la economía. No sé cómo explicarlo. Su voz era la de siempre, pero los silencios al final de las frases eran un poco más largos. Un poco más hondos. Las madres tenemos un sexto sentido para captar esas cosas.

—Hija, ¿estás bien? —le preguntaba a veces.

—Sí, ¿por?

—Pareces preocupada.

—Y lo estoy, por los niños.

—Yo me refiero a otra cosa.

—Estoy bien, mamá.

—¿De verdad?

—Pues claro.

Al principio supuse que las cosas no iban bien con Gonzalo. Era lógico pensarlo porque nunca me hablaba de él en nuestras conversaciones. Como si no existiera. Como si en esa casa solo vivieran tres personas. Pero a medida que pasaban las semanas y los silencios se hacían más densos, me di cuenta de que la causa de su angustia debía de ser otra. Un matrimonio en crisis puede tener solución. Aquellas pausas, sin embargo, eran síntomas de un mal sin vuelta de hoja. Entonces tenía que haber ido a verla. Tenía que haberme plantado en Madrid para hablar con ella cara a cara y averiguar qué la estaba carcomiendo. Pero no lo hice. Preferí convencerme de que mi temor era infundado. Me puse una venda en los ojos y seguí hablando con mi hija los domingos. Hasta que en abril, tras una pausa larguísima en la conversación, me dijo que tenía cáncer.

—¿Lo saben Gonzalo y los niños? —le pregunté con un nudo en la garganta.

—Acabo de decírselo.

Lo primero que pensé fue en lo asustada y sola que tenía que haberse sentido esos meses. La imaginé sentada en la consulta del médico, enfrentada sin apoyo a los resultados de las pruebas. La vi despierta en la cama, lidiando a solas con el miedo mientras Gonzalo dormía. Y me odié a mí misma por no haber estado allí para abrazarla. ¿Cómo podía haberle fallado en un trance como ese? ¿Cómo había seguido vendiendo fregonas y tambores de Colón mientras su vida empezaba a acabarse? Desde aquel día llevo la culpa agarrada a la garganta. Está siempre ahí, atravesada como una espina que me impide respirar con holgura. Por eso no entiendo a la gente que dice que no se arrepiente de nada. O mienten —que es lo que creo yo— o tienen muy mala mcmoria.

ARIEL

—¿Qué te han dicho? —me preguntó Noemí.

—Nada. Que ya me avisarán.

Era una conferencia interurbana y me iba a costar la propina, pero no había querido llamarla desde casa. El teléfono estaba en el mueble del pasillo, entre las puertas de la cocina y el cuarto de estar. Una zona de tránsito, poco apta para conversaciones íntimas. Podía haberle escrito una carta, como hacía normalmente, pero no nos veíamos desde las Navidades y me moría de ganas de escuchar su voz.

A través del sucio cristal de la cabina se veían, un poco desdibujadas, las dos moles blancas del hospital militar Gómez Ulla. Me había pasado la mañana peregrinando por sus pasillos, esperando turno en sus salas atestadas. Un traumatólogo picado de viruelas me había radiografiado la espalda en una habitación que olía a cigarro y a cáscara de mandarina. Luego, como una máquina que expulsa un desecho, el hospital me había devuelto a la calle. Al calor del mediodía.

—¿Cuándo? —dijo ella.

—Ni idea.

Sobre el dial del teléfono había una pantalla verde llena de rayones. La cifra que aparecía en ella había bajado casi hasta cero, así que saqué del bolsillo dos monedas de veinticinco pesetas y las metí en la ranura.

—Ya sabes cómo es esta gente —añadí—. Les encanta tenerte en vilo.

—Tú tranquilo. Ya verás cómo te salvas.

Oficialmente, Noemí y yo éramos novios desde hacía menos de un año. Novios a distancia, debo aclarar, porque ella vivía en Tabira, donde veraneaba mi familia, y yo en Madrid. Pero a mí ella me había gustado desde siempre. Me recuerdo con diez años, llamando su atención con las tácticas bárbaras de la niñez. Durante las fiestas patronales la perseguía tenazmente por la pista de los coches de choque, hasta que se me abría el ángulo idóneo y arremetía contra ella con un ímpetu que ahora me resulta incomprensible. En la piscina municipal ella era la víctima predilecta de mis aguadillas. La sumergía una y otra vez, con tanta fogosidad que en más de una ocasión Salvador, el socorrista, había tenido que intervenir para que la soltara. Ella respondía a mis asaltos con gritos y respingos. «¡Eres un tonto!», gritaba. Y yo me derretía por dentro pensando que un insulto tan flojo, tan a media asta, solo podía significar que yo también le gustaba.

Por fortuna, esa etapa agresiva solo duró un verano. Dio paso a una atracción más sosegada, aunque igual de unilateral, de la que el resto de la pandilla no tardó en tomar nota. Una lánguida tarde de julio, cuando teníamos doce años, alguien —creo que fue Bruno— decidió inspirado por el tedio que había que casarnos. Nos compraron dos anillos de plástico en un tenderete de la plaza del Foro y nos obligaron a ponérnoslos. Luego nos llevaron a rastras hasta las escaleras de la iglesia de San Dimas. David hizo de cura. Pronunció con aire solemne tres o cuatro frases sacadas de las películas y, alzando las manos, me dijo que podía besar a la novia. Noemí dijo que ni hablar. Que no pensaba dejarse besar por nadie solo porque a los demás les apeteciera. Pero su queja sirvió de poco. Nos agarraron por los brazos y de un empujón juntaron a la fuerza nuestras bocas. Aún conservo la alianza de plástico. Es azul celeste. Plana y redonda como una moneda. Y lleva grabada la cara de uno de mis héroes de entonces: Koji Kabuto, el piloto de Mazinger Z. Pero lo que más recuerdo de aquella boda de niños es el temblor de los labios de Noemí y, sobre todo, el sabor dulce de su saliva.

—¿Qué tal está tu madre?

—Cada vez peor —dije, apoyando el antebrazo en el cristal—. Los calmantes ya casi no le hacen efecto y tiene dolores todo el rato.

Me costaba hablar de Pilar porque, en realidad, Pilar ya no existía. En cuestión de semanas el cáncer nos la había arrebatado y había dejado en su lugar a un fantasma ictérico de mirada inexpresiva. Pasaba casi todo el tiempo tendida en la cama o sentada en el sillón orejero del cuarto de estar —el sillón de Gonzalo—, buscando en vano una postura en la que el dolor le diera un respiro. Casi no comía. Apenas hablaba, y cuando lo hacía era para pedir algo. Pedía agua. Pedía que le ahuecáramos los cojines. Pedía calmantes. Pedía que abriéramos la ventana. O que corriéramos la cortina. O que estiráramos las sábanas. Pedía masajes en los pies hinchados, su única fuente de consuelo en aquellos días feroces. Nosotros, la verdad, tampoco hablábamos mucho. Nos movíamos a su alrededor como autómatas perplejos, desolados por su sufrimiento y por la idea inconcebible de seguir viviendo sin ella. A menudo me he preguntado qué habría sido de nosotros si la abuela Fuensanta no hubiera venido a ayudarnos. En cuanto Pilar le dijo que estaba enferma, se presentó en Madrid y, como un hada discreta, se hizo cargo de las cosas. Ella evitó que la casa se hundiera. Ella, no me cabe duda, evitó que agonizáramos todos.

—Lo siento, Ariel. Lo siento mucho.

Noemí y yo nos hicimos novios una abrasadora tarde de agosto, cuatro años después de nuestra boda. Estábamos con la pandilla en el piso de arriba de la cafetería Aqualung, jugando al billar americano mientras decidíamos qué hacer las próximas horas. Noemí no paraba de mirarme. Cada vez que alguien proponía algo, volvía hacia mí sus ojos grandes y un poco tristes, que parecían saber cosas que los demás ni siquiera intuíamos. Cada poco subía a regañarnos Delfín, el camarero. Que no armáramos tanto alboroto porque molestábamos a los demás clientes, decía. Que no podíamos estar ahí todo el día sin tomar nada. «¡O consumís o a la calle!», gritaba. Era un hombre menudo, con la tez oscura y un flequillo canoso que le tapaba parcialmente las gafas. Aunque parecía enfadado, todos sabíamos que lo que estaba era aburrido y que subía a reñirnos para entretenerse un rato. «¿Y si vamos a Cosmos? Tienen fiesta hawaiana», propuso Javi cuando Delfín se hubo ido, pero nadie le hizo caso.

Mientras esperaba junto a la barandilla a que me tocara tirar, vi entrar en la cafetería a un peregrino con una guía del Camino de Santiago en la mano. No era ninguna novedad ver a un peregrino en Tabira. Estaban por todas partes, sobre todo en verano. Si me fijé en ese, fue porque cojeaba. «Le habrá salido una ampolla», pensé mientras le veía cruzar penosamente la planta baja, apoyándose en los respaldos de las sillas. Escogió una de las mesas que había frente al ventanal, debajo de donde estábamos nosotros. Dejó la guía junto al servilletero, se quitó la mochila y se sentó con una mueca de dolor. Debía de tener unos cincuenta años y no había más que mirarlo para darse cuenta de que no estaba acostumbrado al ejercicio físico. Tenía una tripa redonda que le colgaba por encima del cinturón como una bolsa llena de agua. Sudaba mucho. Respiraba mal. Y no iba vestido para el camino. Llevaba puestos unos pantalones grises que daban calor con solo mirarlos y una camisa de vestir de manga corta igual, excepto por las múltiples arrugas, que las que llevaban en verano mi padre y los padres de mis amigos. Lo único coherente en su vestimenta eran las botas, unas Chiruca marrones que, desde donde estaba yo, parecían nuevas.

«Te toca», dijo Raúl, acercándome el taco. «¿Eh?» «Que te toca, hombre.» Cogí el taco y me incliné sobre la mesa. Sole propuso entonces ir a comer *pizza* al Nabucco, el italiano de la calle Grande, pero los gemelos dijeron que con ellos no contáramos porque estaban sin blanca. A mí me pasaba lo mismo, pero no dije nada. Fallé. El taco se me torció un poco al empujarlo y en vez de meter en la tronera la bola azul rayada, que era lo que yo quería, metí una de las lisas. Me volví hacia Noemí y comprobé con alivio que no estaba mirando. Le pasé el taco a Borja y me acerqué otra vez a la barandilla. El peregrino pidió algo a Delfín. Al quedarse solo, sacó una fotografía de entre las páginas de la guía y se quedó absorto mirándola. Por más que forcé la vista, no logré distinguir de qué era. «Si nos damos prisa, aún llegamos a la peli del Tívoli», dijo Javi. Ponían *El beso de la pantera*, con Nastassja Kinski y John Heard. A los chicos nos gustaban las películas de miedo porque con los sustos las chicas gritaban y se nos agarraban al brazo. Dejamos la partida a medias y bajamos las escaleras en tropel. Al pasar junto al peregrino, vi que la foto era de un chico sin pelo, más o menos de mi edad.

Corrimos alborozados a través de la calima. Una vez en el cine, no me fue difícil sentarme junto a Noemí. Las luces se apagaron. Se hizo el silencio. Me volví hacia ella y, en la frágil penumbra, rota a cada instante por los resplandores de la pantalla, la besé, esta vez sin empujones ni anillos de plástico, y empecé a entender lo que decían sus ojos.

—Te echo mucho de menos —dije en el auricular.

No oí lo que contestó ella porque en ese momento vi salir del hospital al traumatólogo que me había radiografiado la espalda. Devolvió sin mucho énfasis el saludo al policía militar que custodiaba la verja de entrada y se alejó distraídamente por la acera. Fuera de su consulta, pensé, carecía de sustancia. Las marcas de la viruela le daban un aire mezquino. Además era muy bajo, con un caminar estirado que, pese a la gravedad del uniforme, resultaba ridículo.

—He dicho que te quiero —dijo Noemí.

—Y yo a ti.

—¿Qué tal llevas la selectividad?

—Mal. Me cuesta un montón estudiar. No me concentro. ¿Y tú?

—Ahí ando.

—Seguro que arrasas.

—Qué va.

—Ya lo verás.

La cifra de la pantalla había descendido otra vez. Busqué en todos los bolsillos, pero no me quedaba dinero.

—Ojalá podamos vernos este verano —dije.

—Ahora lo primero es tu madre.

—Se va a cortar. Escríbeme, ¿vale?

—Claro.

—Un beso.

Colgué el teléfono y salí emocionado al fulgor de las dos de la tarde. Varios metros calle abajo vi otra vez al traumatólogo. Estaba dentro de su coche, un Seat 124 azul con pegatinas de la bandera de España en los parachoques. Intentaba arrancarlo, pero el motor se resistía. Cuando llegué a su altura, levantó la vista y me miró a través de la ventanilla bajada. El calor hacía que le brillase la cara, enfatizando las marcas de la viruela. Hice ademán de saludarlo. Separé los labios y empecé a elevar la mano derecha, pero enseguida me di cuenta de que no me había reconocido. Aunque acababa de hablar conmigo y de verme por dentro, no sabía quién era. Seguí adelante ofendido. Bajé las escaleras del metro, pasé el torniquete y, mientras esperaba a que llegase el tren, me juré a mí mismo que nunca volvería a poner mi destino en las manos de nadie, mucho menos en las de un hombre tan absurdo como ese. No soy de dar consejos si no me los piden, ya lo sabes, pero tú deberías hacer lo mismo.

TESA

Esa noche Pilar anduvo un poco. Se agarró trémulamente a mi brazo y recorrió varias veces el pasillo, desde la puerta cerrada de la despensa hasta el *hall*. Avanzaba a pasitos muy cortos, desacostumbrados, con la vista orientada hacia dentro, hacia las posibles reacciones de sus vísceras. Había adelgazado mucho. Pese al vivo estampado de flores, el camisón le caía de los hombros con una flacidez desangelada, de bandera sin viento. Su cabello, antes lustroso, había adoptado una opacidad cenicienta. Los pies los tenía tan hinchados que apenas le cabían en las zapatillas. Y luego estaba la ictericia, que, acentuada por la luz anaranjada del pasillo, la hacía parecer de otro mundo.

Cuando se cansó de andar, me pidió que la llevara a la cocina.

—¿Seguro que no quieres volver al sillón? —le pregunté, temerosa de que el esfuerzo le pasase factura.

—No. Quiero ir a la cocina.

La abuela Fuensanta se sorprendió al vernos entrar. Tenía la sartén en el fuego y estaba esperando a que se calentara el aceite. Como siempre que cocinaba, se había cubierto la cabeza con un trapo para evitar que el pelo le cogiera olor. El de esa noche era mío. Un viejo pañuelo de Hello Kitty que todavía conservo. De hecho, lo tengo en la mano ahora mismo, mientras te escribo. Ya no quedan en él efluvios que lo vinculen a esos días. El tiempo y la lavadora se han encargado de borrarlos. Pero su tacto, su mera pervivencia, me ayuda a recordar, a ver mejor lo que te cuento.

—¿A quién tenemos aquí? —dijo Fuensanta con alegría, y me dirigió una sonrisa cómplice.

El deterioro de Pilar era tan drástico que, para protegernos, habíamos empezado a interpretar la más mínima mejoría como una señal del milagro. Una sopa tomada con ganas, un paseo por la casa, una sonrisa, unos minutos sin dolor bastaban para que se nos encendiera el optimismo y creyéramos que, en contra del diagnóstico del doctor Blázquez, aún era posible que Pilar se curara.

La ayudé a sentarse en uno de los dos taburetes que había pegados a la pared, a ambos lados de la mesa de formica. Yo me senté en el otro. Era una cocina pequeña, con armarios de metal azules y una cenefa de frutas ciñendo el alicatado blanco. De una alcayata clavada en la puerta pendían la bolsa del pan y el calendario de Artis Mutis del que te hablé antes, el que tenía marcada en rojo mi cita con el dentista, ya pasada. Sobre la encimera, en una balda de pino, descansaban un molinillo manual de café, que yo nunca vi usar a nadie, y la vieja radio Thomson, ahora apagada, en la que, antes de caer enferma, Pilar solía escuchar las noticias mientras cocinaba. La ventana estaba entreabierta. Por el hueco se veía la luna, flotando como un globo deforme en la oscuridad.

—¿Qué tal los pies, hija? —preguntó Fuensanta.

Pilar nos conmovió al contestar que un poco mejor.

—Parece que hoy me han dolido menos.

La sartén empezó a humear.

—Acércame esos huevos, cariño —me dijo Fuensanta, señalando con el dedo hacia un cesto de mimbre que había en la mesa.

En vez de llevarle el cesto completo, que habría sido lo más fácil, me pareció mejor idea coger tres huevos en cada mano y ponerlos en la encimera. Fuensanta se volvió hacia la ventana para abrirla del todo y dejar que saliera el humo. Mientras lo hacía, uno de los huevos rodó por la encimera, superó el borde y se estrelló con un crujido húmedo contra el suelo de linóleo.

—¡Uy! —exclamé yo.

No había tenido tiempo de regresar al taburete. Me quedé paralizada a medio camino, entre la encimera y la mesa, observando cómo del huevo roto manaba un cremoso charco amarillo.

—¡Cuidado! —me advirtió Fuensanta, pero era demasiado tarde: otro huevo se había separado del grupo para, tras una carrera bamboleante, acabar reventado a pocos centímetros del anterior.

Entonces Pilar hizo algo inesperado. Se tapó la boca con la mano y soltó un resoplido de gozo.

—¡Vaya dos! —dijo divertida al tiempo que un tercer huevo se estampaba contra el linóleo.

Fuensanta y yo la miramos atónitas. Vimos con incredulidad cómo su cuerpo escuálido vibraba y se doblaba hacia delante a merced de la risa. Nos volvimos la una hacia la otra y, tras un instante de duda, nos echamos a reír también. Al principio con moderación, como si nos diera miedo perturbar la solemnidad que desde hacía semanas el cáncer había impuesto en la casa. Luego, mientras uno a uno los tres huevos restantes salvaban la orilla de la encimera y, sin que nosotras hiciéramos nada para evitarlo, esparcían por el suelo su plasma amarillo, a carcajada pura. Nos reímos juntas como nunca antes lo habíamos hecho, con la cara empapada de lágrimas, sin preocuparnos de la ciénaga de yemas y cáscaras rotas que se extendía a nuestros pies ni de la nube de humo que surgía de la sartén como un mensaje ominoso.

Gonzalo se asomó a la puerta atraído por el alboroto. Tenía en la mano el despertador Repetition que yo había tirado a la basura y pisoteado en abril, cuando Pilar anunció que se moría. Nunca me había regañado por ello. Ni un reproche. Ni una mala cara. Nada. Su única reacción había sido recoger con cuidado el reloj maltrecho y los trozos de cristal y guardarlo todo envuelto en papel de periódico en un cajón del ropero. Lo sacó después de cenar una semana más tarde —el tiempo, imagino, que tardó en idear mi castigo— y empezó a recomponerlo sobre una servilleta extendida en la mesa del cuarto de estar, mientras los demás veíamos la televisión. Lo fue arreglando poco a poco, con una parsimonia exasperante y —no me cabe duda— premeditada. Una noche tapaba con típex un rayón del dial. Otra alineaba las campanillas. Otra hurgaba con un pequeño destornillador en el mecanismo. Otra juntaba dos pedazos de cristal con unas gotas de pegamento Imedio. Otra restauraba con papel celo la aguja partida. La reparación del reloj se convirtió en un ritual, una ceremonia acusadora mediante la cual Gonzalo recordaba a la familia mi arrebato, el daño, al parecer casi irreparable, que le había causado al profanar su juguete de bronce.

Dios mío, si yo hubiera hecho lo mismo...

—¿Qué pasa? —dijo perplejo al ver el charco de huevos.

Paramos de reír de repente, como tres colegialas sorprendidas fumando en el servicio.

—Nada, que cada vez estoy más torpe —dijo Fuensanta abanicando el aire mientras retiraba la sartén del fuego.

—Tienes buena cara —dijo Gonzalo a Pilar.

—Me encuentro un poco mejor.

—Qué bien.

—¿Ya está? —dijo Pilar mirando al reloj con las cejas arqueadas.

—Sí.

—Aleluya.

Gonzalo no supo cómo tomarse la ironía. Sonrió a medias y levantó confuso el reloj para que lo contempláramos. El cristal estaba tan remendado que era difícil distinguir los números y las agujas. Además, la carcasa estaba un poco abollada. Pero funcionaba. El mecanismo latía como un corazón sano en la quietud de la cocina.

—Voy a ponerlo con los otros.

Bajo la balda de pino, encajado en un soporte vertical, había un rollo de papel absorbente. Arranqué de un tirón varios pliegos y, dándole la espalda a la puerta, me agaché a limpiar el linóleo. El huevo líquido empapó las sucesivas capas de celulosa y me embadurnó la mano. Fuensanta agitaba de un lado a otro la hoja de la ventana para hacer que se disipara el humo. La luna flotaba en el centro de la noche, cheposa y abúlica. Arrojé el amasijo de papel chorreante al cubo de la basura y respiré hondo, tratando de mantener la calma.

—Ya se ha ido —susurró Pilar.

—¿Qué? —dije aunque la había oído, y arranqué más papel del rollo.

—Tu padre, que ya se ha ido.

Acabé de enjugar el charco y me quedé unos segundos en cuclillas, limpiándome las manos.

—Ahora paso la fregona —dije entre dientes.

Pilar se quitó de la cara un mechón de pelo mate. Fuensanta se rascó la sien. Entonces, con un estallido sincrónico, haciendo lo posible para que no nos oyera Gonzalo, nos echamos a reír otra vez.

FRAN

Habíamos quedado en recoger a Pilar a las ocho, antes de que empezara el calor, pero tuvimos que atender una urgencia en la plaza de Cibeles —un choque múltiple con varios heridos graves—, y no llegamos hasta las diez. Para entonces, ya hacía un sol de justicia. A mi compañero Jorge y a mí nos sorprendió lo poco que pesaba aquella mujer. La tendimos en la camilla y la bajamos por las escaleras casi sin esfuerzo. El chaval —Ariel— bajó con nosotros. Recuerdo su nombre porque me hizo gracia que se llamara igual que el detergente. Los demás, incluida Tesa —su nombre también lo recuerdo, aunque por otras razones—, cogieron el ascensor.

El ruido de la bajada hizo salir al rellano a algunos vecinos. Abrían la puerta con cautela. Al ver a Pilar, se acercaban para despedirse y desearle que se pusiera bien. En el primero, una mujer vestida de negro le puso en la mano un escapulario. «Para que te proteja», le dijo santiguándose. Pilar no parecía darse cuenta de nada. Miraba a su alrededor aturdida, con los ojos biliosos agrandados por la delgadez.

Ya en la calle, salvamos la acera y metimos la camilla en la ambulancia, que habíamos dejado en doble fila delante del portal, con el portón trasero levantado. Era un vehículo humilde: un Simca 1200 modificado, con una sirena de color ámbar, un botiquín, las lunas traseras esmeriladas y una silla anclada al suelo para el acompañante. Nada que ver con las maravillas medicalizadas que fabrican ahora.

—¿Quién va a ir con ella? —preguntó Jorge.

Varios tenderos nos miraban desde sus comercios recién abiertos. Uno de ellos, un pescadero muy delgado, con un delantal de hule blanco todavía limpio, sostenía en la mano un cuchillo de hoja ancha con la punta dirigida hacia la ambulancia. Lo agitaba de forma inconsciente, como si quisiera defenderse con él de lo que le había pasado a Pilar. También había curiosos en las aceras y en las ventanas.

—Yo misma —respondió Tesa sin consultarlo con nadie.

Al verla venir hacia nosotros, Jorge y yo debimos de pensar lo mismo: que nos había tocado la lotería. La chica iba bastante ligera de ropa, con una minifalda vaquera muy corta y una camiseta de tirantes rosa que le dejaba al aire la mitad superior de los pechos. Estaba morena, como si llevara tiempo yendo a la piscina. Los hombros le brillaban tanto que daban ganas de tocarlos para comprobar si eran tan suaves como parecían. En el antebrazo llevaba tatuada una mariposa roja. No me entiendas mal, por favor. No soy un desaprensivo. Pilar tenía un cáncer de páncreas en fase terminal y nuestra misión aquella mañana era llevarla a morir a su pueblo. Eso no se me olvidaba. Tampoco que Tesa era su hija y debía de estar pasando el peor momento de su vida. Nada más lejos de mi intención que aprovecharme de su vulnerabilidad. Pero tenías que haberla visto. Esa piel bronceada. Esas piernas. Esos ojazos verdes. No todos los días tiene uno la ocasión de pasar tres horas y media —cuatro, si nos lo tomábamos con calma— en compañía de una chica así.

En lo que se refería a las mujeres, Jorge era inofensivo. Llevaba seis años casado con una anestesista del Ramón y Cajal y tenía dos hijos preciosos. Le gustaba mirar, eso sí. «Que no vaya a comer no me impide ojear el menú», solía decir cuando alguna chica atractiva se cruzaba en nuestro camino. Sin ir más lejos, aquella mañana yo le había cogido varias veces lanzando miradas furtivas a Tesa. Pero adoraba a su familia y, desde que trabajábamos juntos, hacía ya tres años, nunca le había visto intentar nada con nadie.

Mi caso era distinto. Yo estaba infelizmente soltero y, por qué no admitirlo, me hice ilusiones con Tesa. Pensé que, si todo iba bien durante el viaje, quizás podría pedirle el teléfono y quedar con ella más tarde, en Madrid, cuando todo acabara. ¿Qué hay de malo en eso?

—Mejor que vaya Ariel —dijo de pronto la abuela.

El padre no dijo nada. Cruzó la calle y, como si aquello no fuera con él, sacó unas llaves del bolsillo y se metió en un Renault 12 con la baca repleta de bultos que estaba aparcado en la otra acera. El calor allí dentro debía de ser insufrible porque bajó la ventanilla de inmediato, arrugando la cara mientras hacía girar la manecilla. Tesa se paró. Vaciló un momento, dudando, supongo, si obedecer o no. Luego se volvió y, sin protestar, se fue con su abuela hacia el coche.

—Anda que no está buena la chavala —susurró Jorge mientras la veíamos alejarse decepcionados.

Le di un codazo y señalé con la cara hacia Ariel, que estaba a un metro escaso de nosotros. No sé si oyó el comentario. En cualquier caso, no dijo nada. Agachó la cabeza para no golpeársela, entró en la ambulancia y se acomodó en la silla del acompañante. Jorge cerró el portón con suavidad y se sentó al volante. Desde el asiento del copiloto, pregunté a Pilar y a Ariel si estaban bien. Ariel dijo que sí sin mucha convicción. El motor se puso en marcha. La ambulancia echó a rodar por la calle García de Paredes, bajo la sombra intermitente de los árboles. Nos paramos dos manzanas más abajo, en el semáforo en rojo de la calle Santa Engracia. Mientras esperábamos a que cambiara a verde, el portón empezó a hacer ruido.

—He cerrado mal —dijo Jorge.

Salí rápido de la ambulancia y cerré el portón con firmeza.

Un poco más allá esperaba el Renault 12. Tesa ocupaba el centro del asiento trasero. Estaba inclinada hacia delante, con las manos apoyadas en los respaldos de su padre y de su abuela, mirándome. Ha pasado mucho tiempo. Además había reflejos en el parabrisas y la visión no era clara. Pero yo juraría que me guiñó un ojo. Me quedé pasmado en medio de la carretera. Al notar mi asombro, el padre se volvió instintivamente hacia Tesa. En ese momento el semáforo se puso verde. Jorge me llamó con el claxon. Me subí a toda prisa a la ambulancia y nos pusimos otra vez en movimiento. Varias manzanas después, a la altura de Islas

Filipinas, vi por el retrovisor cómo Pilar agarraba la mano de Ariel y le decía:

—Prométeme que, cuando yo no esté, cuidarás de ella.

—¿De quién, mamá?

—De quién va a ser, hijo. De Tesa.

EFRÉN

Gonzalo era un hombre muy raro. Perdona que te lo suelte así, de buenas a primeras, pero no se me ocurre una forma mejor de describirlo. Y créeme, lo conocí bien. Sé de lo que hablo. Si te parece, empiezo por el principio. Yo entré en Galerías Preciados en el sesenta y ocho, cuando abrieron el almacén de Callao. Empecé en la sección de Electrodomésticos, pero enseguida me cambiaron a Zapatería y ya no me moví de allí hasta la liquidación del noventa y cinco. Veintisiete años vendiendo zapatos. Se dice pronto. Las condiciones laborales eran muy buenas, no como en los trabajos de ahora. Teníamos catorce pagas. Seguro médico. Un descuento del quince por ciento en todo lo que comprábamos. Vacaciones pagadas, por supuesto. Y luego estaban las actividades sociales. Había una liguilla de fútbol por departamentos, en la que participé con más ganas que gloria durante casi diez años, hasta que un defensa de Relojería me hizo polvo la rodilla de una patada y me quitó las ganas de volver a tocar un balón. Había también un grupo de teatro, un coro mixto y un club social en la calle Mesonero Romanos, con un salón antiguo donde se organizaban bailes algunos viernes por la noche, después del cierre. Muchos empleados conocieron a su media naranja en esos bailes. Pero me estoy yendo por las ramas. Volvamos a Gonzalo.

Gonzalo entró un año después que yo para ocupar el puesto de una compañera que se había ido a vivir a Barcelona. Cayó mal desde el principio. Era el único dependiente del centro que tenía carrera —había estudiado Derecho en la Complutense— y se comportaba como si estuviera por encima de todos, como si para él aquel trabajo fuera un tropiezo, un temporal paso atrás en su camino hacia metas más altas. A su orgullo se sumaba su total desconocimiento del oficio —no distinguía un mocasín de una alpargata—, lo que hizo a muchos sospechar —con razón, según averiguamos más tarde— que le habían dado el puesto por enchufe. Enseguida empezó a tener detalles feos con nosotros. Se dejaba invitar a café en la cafetería de la última planta, pero él jamás pagaba una ronda. Pedía favores que no devolvía, como que le cambiáramos el turno o le cubriéramos mientras salía sin permiso a hacer un recado. Y no tardó en convertirse en lo que en el argot de la casa se llamaba un *trotón*, alguien que aprovechaba la mínima oportunidad para robarte a los clientes. Te ibas al almacén a buscar una talla o a la caja a comprobar un precio, y cuando volvías te lo encontrabas de rodillas con el calzador en la mano, intentando venderle unas botas al señor o a la señora que un momento antes te había pedido unas sandalias. Eso —robarte a los clientes— era lo más bajo que te podía hacer un compañero porque nuestro sueldo se complementaba con las comisiones por venta.

Como te puedes imaginar, no hizo muchos amigos. No me extraña que no se dejara ver por el club social ni que nadie supiera nada de su vida fuera del trabajo hasta dos o tres años después, cuando se presentó con su familia en la fiesta de Reyes que cada diciembre organizábamos para nuestros hijos. Nos quedamos muy sorprendidos. No entendíamos cómo un hombre tan antipático podía tener una esposa y unos hijos tan adorables. Nos los presentó con una jovialidad que nos descolocó a todos, repartiendo besos y palmadas en los hombros, haciendo gala de una camaradería que hasta entonces había brillado por su ausencia. Estábamos en Navidad, la fiesta del amor y los buenos propósitos, así que hicimos lo posible para que Pilar no notara que su marido nos caía mal. A pesar de nuestros esfuerzos, yo creo que se dio cuenta de la pantomima. Éramos vendedores de calzado, no actores. ¿Cómo no iba a hacerlo?

Los que no se dieron cuenta de nada fueron Tesa y Ariel. En cuanto se acabaron las presentaciones, echaron a correr de la mano hacia el extremo del salón —el salón de los bailes de los viernes—, donde estaban instalados sus Majestades de Oriente. Aquel año había una novedad. En la sección de Deportes había empezado a trabajar un negro de origen cubano llamado Ibrahim, de modo que, por primera vez, teníamos un Baltasar convincente, nada que ver con las imitaciones tiznadas de otras Navidades. Tesa y Ariel esperaron su turno para pedirle a él sus regalos. Según contó Ibrahim más tarde, divertido por la ocurrencia, Tesa pidió un bolígrafo que no se acabara nunca y un mono trapecista que había visto en el escaparate de una tienda de muebles. Ariel no pudo pedir nada. Al ver de cerca a Ibrahim, se asustó y dijo que prefería hablar con Melchor. Pero perdóname: otra vez me estoy yendo por las ramas.

El caso es que esa tarde Tesa hizo buenas migas con mi hija África. Jugaron en el mismo equipo al pañuelo. Parece que las estoy viendo dándose ánimos, chillando de alegría cuando una de las dos lograba rescatar el trozo de tela sin ser alcanzada por los adversarios. Luego comieron juntas el roscón —a Tesa le tocó una figurita de la Virgen— y bebieron el chocolate. Se llevaron tan bien que a partir de esa fiesta quisieron verse a todas horas. Tesa empezó a venir a comer con nosotros algunos fines de semana. Otros era África la que iba a casa de Tesa. Hicimos excursiones familiares al parque de atracciones, al Retiro, al zoológico, que se acababa de inaugurar en la Casa de Campo. Y así, sin comerlo ni beberlo, me vi frecuentando a Gonzalo, un hombre por quien hasta entonces no había sentido más que repulsión. Charo —mi mujer— nunca pudo soportarlo. «Lo hago por las niñas —me decía por la noche al acostarnos—. Y por Pilar, que es un amor.» Poco podía añadir yo porque la verdad es que Gonzalo se ganaba a pulso el rechazo de la gente. Para empezar, era muy maleducado, espero que no te moleste que te lo diga. No te contestaba cuando le saludabas. Era el primero en pedir en los restaurantes. Nunca le vi abrirle una puerta a Pilar. Bueno, ni a Pilar ni a nadie. Jamás daba las gracias ni decía por favor ni usaba ninguna de las fórmulas elementales de cortesía que Charo y yo queríamos que usara África. Con su familia se portaba con una frialdad incomprensible. Como si no deseara lo que tenía. Como si, en vez de una bendición, Pilar y los niños fueran una carga que le había impuesto la vida, un palo en la rueda que le estorbaba y le impedía perseguir su verdadero destino, aunque yo creo que ni él mismo sabía qué destino era ese. El efecto de esa actitud era que su vida y la de su familia no parecían ir juntas, sino en paralelo. A Pilar rara vez le dirigía la palabra. «¿Quién se ha creído que es? —decía Charo indignada mientras, sentada en camisón en el borde de la cama, se aplicaba crema facial—. ¿Cómo puede ser tan distante con una mujer tan encantadora?» A Tesa y a Ariel los trataba como si no fueran suyos, como si se los hubiera confiado un vecino para que cuidara de ellos el fin de semana. Cumplía con sus deberes básicos —les daba de comer, pagaba las entradas de los sitios, los llevaba y los traía—, pero ni Charo ni yo le vimos nunca mostrarles cariño. Ni un beso. Ni una broma afectuosa. Durante esos años, como te he dicho, nuestras familias se vieron a menudo. Fuimos al cine Luchana. Al Prado. Al Jardín Botánico. Al Museo de Cera. A la Pradera de San Isidro. Pienso en Gonzalo en esos lugares y lo que veo es a un hombre ausente. Un hombre que no existía del todo. Y aun así le cogí afecto. A Charo se lo he intentado explicar muchas veces, pero no me entiende. O no me quiere entender. A ver si tengo más suerte contigo.

Al conocer mejor a Gonzalo, me di cuenta de que era así porque le faltaban piezas. Suena raro, ya lo sé, pero déjame que te explique. Físicamente era un hombre normal, podría decirse incluso que bien parecido. Era bastante alto y los trajes le sentaban como un guante. También las gafas, que le daban un toque distinguido. De hecho, después de que lo trasladaran a las oficinas de la calle María de Molina, allá por el setenta y nueve, más de una clienta me preguntó qué había sido de aquel dependiente tan guapo. No deja de sorprenderme que lo que recordaran de él fuera su buena planta y no la ineptitud con que las atendía. A uno le perdonan muchas cosas cuando es atractivo. Pero a lo que iba. Donde Gonzalo no daba la talla era en lo humano. Era como si por dentro le faltaran cosas. Como si hubiera teclas y conexiones internas que él no tenía y eso le impidiera sentir lo mismo que los demás en las mismas situaciones. Por eso tenía reacciones tan raras. Por ejemplo, echarse a reír delante de aquel cuadro de Goya que vimos con los niños en el Prado, el de los dos hombres que se dan bastonazos enterrados hasta las rodillas. O no inmutarse cuando Ariel se perdió durante más de una hora en la Casa de Campo. Charo dice que le quiero justificar. Dice que Gonzalo era un impresentable y punto. Yo creo que no era bueno ni malo, sino defectuoso. Sinceramente, me daba lástima, y ya sabes que de la lástima al afecto solo hay un paso. Lo que nunca entenderé es qué vio en él Pilar. Porque una cosa es simpatizar con una persona así y otra muy distinta casarse con ella y tener hijos.

Perdona que me haya extendido tanto. Ya acabo.

Gonzalo y yo nos distanciamos poco a poco cuando Tesa y África se hicieron mayores y empezaron a salir por su cuenta. Durante un tiempo nos seguimos viendo en el trabajo. Luego él se fue a María de Molina y la relación se extinguió sola. No les ocurrió lo mismo a Charo y a Pilar, que, a pesar de la creciente autonomía de las niñas —o quizá debido a ella—, mantuvieron un ocasional pero fiel contacto telefónico.

De la enfermedad de Pilar, sin embargo, nos enteramos por África.

Charo y yo fuimos a verla varias veces. La mujer que estaba en la cama —un esqueleto amarillo con la tripa hinchada y los ojos sin luz— no se parecía a Pilar. Su madre había venido de Tabira para ayudar a Tesa y a Ariel a cuidarla. Y digo a Tesa y a Ariel porque, a juzgar por lo que vimos nosotros, Gonzalo no hacía nada. Se limitaba a vagar por la casa con las manos en la espalda, pensando en Dios sabe qué. En varias ocasiones entró en el dormitorio con alguno de los viejos despertadores que, por lo visto, se había aficionado a comprar en el Rastro. Nos los enseñaba con un orgullo infantil, como si su mísera colección le importara más que la agonía de su esposa. Entonces dejé de tenerle lástima, aunque a estas alturas ya no merece la pena que te hable de eso.

A principios de julio se llevaron a Pilar a Tabira. Charo y yo nos despedimos de ella una tarde abrasadora. De la calle, a través de la ventana abierta, llegaban los sonidos últimos del día: el estampido de una reja, un coche alejándose, una madre llamando a su hijo.

—Adiós, buen viaje —dijo Charo.

Yo acababa de salir del trabajo y estaba sudando, pero no me quité la chaqueta del traje por respeto. Saqué un pañuelo del bolsillo del pantalón y me enjugué la frente. Entonces Pilar susurró algo que no entendimos.

—¿Cómo? —dije

—Nos vemos allá arriba —repitió Pilar, y apartó la cara para que no viéramos que estaba llorando.

ARIEL

El chasis de la ambulancia recogía con severidad la trepidación del motor y los defectos de la carretera. Cada cambio de marcha, cada adelantamiento, cada curva hacía temblar la base metálica de la camilla, arrancando a Pilar gemidos de desasosiego. El calor era asfixiante. No había aire acondicionado y, lejos de producir alivio, el que entraba por las ventanillas bajadas de los enfermeros calentaba aún más el habitáculo. En el suelo había manchas de sangre seca, probablemente de los accidentados que, según nos explicaron los enfermeros, habían tenido que atender antes de venir a buscarnos. Pilar hizo buena parte del viaje en silencio, con los ojos cerrados, concentrada en su malestar. De vez en cuando, con una voz diminuta, apenas audible en el estruendo combinado del aire y el motor, preguntaba dónde estábamos. Yo le respondía casi a gritos que en Sanchidrián. O en Medina del Campo. O llegando a Tordesillas. Ella recibía la información sin hacer ningún comentario. Me pregunto en qué pensaba. Qué cavilaciones ocupaban su mente en esos momentos de temblor y vértigo.

A la altura de Villalpando, empezó a tararear una canción. Al principio con titubeos, bosquejando apenas los hilos de una melodía que, por más que agucé el oído, no fui capaz de identificar. Luego más alto, con más seguridad, insertando aquí y allá fragmentos de una letra que me transportó de inmediato a las mañanas de domingo de nuestra infancia —la de Tesa y mía—, cuando, mientras nos vestíamos para ir a misa, Pilar ponía en el tocadiscos Philips del cuarto de estar sus vinilos de María Dolores Pradera. «Déjame que te cuente, limeña», cantaba ahora con creciente emoción en el habitáculo ardiente, desligándose por unos instantes del dolor y del traqueteo de la ambulancia. «Jazmines en el pelo y rosas en la cara», decía, y en mi memoria la veía bailar sola en el pasillo, con una mano en el estómago y la otra levantada como para saludar a alguien. Entonces se puso a cantar también el enfermero que iba de copiloto. Fran, se llamaba. Llevaba el pelo al rape y un colmillo colgado del cuello con un cordón de piel. Se volvió en el asiento, con el brazo extendido a lo largo del respaldo de su compañero, y terminó con Pilar el estribillo: «Recogía la risa de la brisa del río y al viento la lanzaba, del puente a la alameda». Tenía una voz grave, bien modulada, que se hacía oír sin dificultad en el fragor del viaje. La manga corta de la camisola, algo subida por la postura, dejaba al descubierto un pequeño tatuaje, una inscripción en letras góticas que decía: «Amor de Madre».

—Una vez la llevamos en la ambulancia —dijo.

—¿A quién? —respondió Pilar ladeando un poco la cabeza, sin fijar la vista en ningún sitio.

—A María Dolores Pradera.

—No me diga.

—Como se lo cuento.

—¿Y cómo es?

—Toda una señora. Una noche nos llamaron por un incendio en un chalé de La Moraleja y resultó que era el suyo.

Pilar inhaló con sorpresa.

—Pobre —dijo.

Cuando llegaron, siguió contando Fran, la cantante estaba sentada en una silla de mimbre en el jardín, cubierta con una manta que le habían dado los bomberos, observando con desolación cómo el fuego reducía su vida a cenizas. Se había salvado de milagro. Mientras dormía, un cable pelado había hecho saltar una chispa sobre la alfombra del salón y en cuestión de minutos la casa se había convertido en una antorcha. La despertaron el calor infernal y el crepitar de las llamas. En su huida, resbaló en el parqué y cayó rodando por la escalera. Estuvo inconsciente un momento. Luego, medio coja, cruzó tosiendo el recibidor, salió al jardín y, magullada pero sin quemaduras, se dejó caer descalza y en camisón sobre el césped empapado de rocío.

—Le dijimos que tenía que venir con nosotros al hospital, pero ella dijo que ni hablar, que había cosas muy importantes en esa casa y no pensaba irse sin recuperarlas. «Ahí dentro está todo lo que soy», nos dijo. ¿Verdad, Jorge? ¿Verdad que dijo eso?

Jorge, el otro enfermero, asintió sin volverse, con la mirada fija en el embudo brillante que a esas horas era la carretera. Era grueso, con una espalda abombada que tensaba hasta el límite las costuras del uniforme blanco. Antes de salir de Madrid había hecho un comentario fuera de lugar sobre Tesa, y yo me había propuesto no dirigirle la palabra en todo el viaje.

El paisaje había cambiado. Los llanos pajizos, aplanados por el sol, habían dado paso a unas ondulaciones verdosas salpicadas de vacas y lúpulo. Pilar levantó la cabeza de la almohada y se quedó en vilo, con el cuello tenso, esperando la continuación de la historia.

Desde el jardín, prosiguió Fran, los bomberos se esforzaban en sofocar las llamas. El agua caía a chorros por las paredes. El humo escapaba por las ventanas rotas y, en su ascenso hacia la noche, dejaba manchones negros en los dinteles. «Tengo que rescatar la guitarra», dijo María Dolores Pradera. «¿Qué guitarra?» «La que me regaló mi padre de niña. Sin ella nunca me habría dedicado a la música.» «Es imposible, señora, la casa aún está ardiendo.» «Ustedes no lo entienden.»

—Fue visto y no visto —dijo Fran—. Me di la vuelta para decirle algo a Jorge y, cuando me volví otra vez, ella ya casi estaba en la casa.

Por el camino se había quitado la manta, que yacía hecha un ovillo en el césped. Ante la sorpresa de los bomberos, cruzó la cortina de agua que caía sobre la puerta y desapareció como un fantasma empapado entre el humo y el fuego. Probablemente fue eso —el remojón de la entrada— lo que le salvó la vida. Sin esa capa de humedad, su cuerpo no habría soportado los dos minutos eternos que pasó metida en aquel horno. Salió dando bocanadas, con los brazos tiznados y la guitarra cogida del mástil.

—¡Virgen Santa! —exclamó Pilar.

Había dejado caer la cabeza sobre la almohada y seguía el relato con los ojos. Los movía de un lado a otro, visualizando con avidez las palabras.

—La envolvimos otra vez con la manta, la metimos en la ambulancia, justo donde está usted ahora, y nos la llevamos pitando al hospital. Pero ahí no acabó la cosa.

—¿No?

—¡Qué va!

Lo mejor, aseguró Fran, aún estaba por llegar.

Durante el trayecto, de pura tristeza, María Dolores Pradera se puso a cantar. Con la voz desgarrada, ahondada por la pérdida, entonó algunas de sus baladas más memorables: «Cariño malo», «Quisiera amarte menos», «Fallaste, corazón», «Fuego lento», «Tú que puedes, vuélvete». Cantó con el alma en la mano, ajena a los bandazos del tráfico y al aullido de la sirena. Al llegar al hospital, los dos enfermeros izaron el portón trasero de la ambulancia para sacar la camilla. Se quedaron fascinados escuchando «Amanecí en tus brazos», sintiendo cómo las frases se perseguían con languidez unas a otras y llenaban la noche de una dulce desdicha. A ellos se unieron el médico de guardia, que se había acercado con el estetoscopio al cuello, y varios pacientes en bata que fumaban y tomaban el fresco bajo la marquesina de la entrada. Escucharon la música mecidos en una pausa mágica, vacía de enfermedades y tribulaciones, hasta que sonaron los versos finales: «Tú me querías decir no sé qué cosa, pero callé tu boca con mis besos y así pasaron muchas, muchas horas». La noche se llenó entonces de un silencio conmocionado. María Dolores Pradera salió de la ambulancia, se arregló la manta sobre los hombros y, rechazando la ayuda del médico, echó a andar hacia Urgencias cojeando un poco, con la barbilla alta y la guitarra bajo el brazo.

—Como le digo, toda una señora —concluyó Fran.

El resto del viaje fue mucho más llevadero. Animada por la anécdota, Pilar habló de sus cantantes favoritos. Además de a María Dolores Pradera, mencionó a José Luis Perales, Juan Pardo, Camilo Sesto, Rocío Jurado, Mocedades y Julio Iglesias. También le gustaba Raphael, aunque le resultaba un poco cargante su histrionismo en el escenario. «Mejor oírlo que verlo», dijo. El enfermero admitió que él era más de *heavy metal*, pero no tuvo reparo en acompañar a Pilar cuando, ya casi llegando a Tabira, se arrancó a cantar «Un velero llamado libertad».

Te va a parecer mezquino que diga esto, pero el entusiasmo de Pilar me produjo sentimientos encontrados. Por un lado, como te puedes imaginar, me alegraba que estuviera animada. Llevaba semanas atrincherada en sí misma, tiranizada por su cuerpo en derrota, y daba gusto verla charlar de una forma tan relajada. Su repentina mejora me hizo llegar a pensar que quizás el doctor Blázquez se había equivocado en su diagnóstico y, pese a la evidencia de los escáneres, aún había lugar para la esperanza. Estaba contento, cómo no iba a estarlo, pero por otro lado me sentía confuso. Me molestaba un poco que hubiera tenido que ser un extraño —y no nosotros, su familia— quien sacara a Pilar de su ensimismamiento. Además, no cabía en mi asombro al escuchar sus preferencias musicales. Era cierto que ella solía escuchar a María Dolores Pradera y, muy de vez en cuando, un elepé bastante rayado de Juan Pardo que se titulaba *Juan mucho más Juan*. Pero, que yo recuerde, de los demás cantantes no tenía discos ni había expresado jamás opinión alguna. Al menos en casa. En esa ambulancia conocí a una Pilar nueva, distinta de la Pilar castigada por el cáncer y de la que me había protegido sin condiciones hasta abril de ese año. Me avergüenza admitirlo, pero sentí celos de Fran por haber contactado antes que yo con esa Pilar inédita. Pero, sobre todo, sentí gratitud porque la había ayudado, aunque solo fuera por un rato, a olvidarse de sí misma.

Entrando en Tabira, Pilar, exhausta por el viaje y por el brote de locuacidad, volvió a concentrarse en sus dolencias. Fuensanta había insistido en que nos alojáramos en su casa, pero Gonzalo había declinado la invitación arguyendo que éramos demasiados y, como cada verano, había alquilado el entresuelo de la muralla a un matrimonio amigo de la familia. Allí nos esperaban todos menos el tío Gastón, que se había quedado al mando de la droguería y había prometido venir en cuanto cerrase. Estaba el abuelo Ginés, con cara de sobresalto, como si no acabara de conciliarse con el destino de su hija. Estaba la tía Milagros, quien, con la ayuda de Chus, una amiga de siempre de Pilar y ella —también presente—, había limpiado el piso y lo había abastecido de todo lo necesario. Estaban mis cinco primos —tres chicos y dos chicas, ninguno de ellos de mi edad—, solemnes y repeinados como si fuera domingo. Es taba el doctor Uribe, el médico inmemorial de la familia, y la enfermera de día que habían contratado entre todos —la de noche no entraba hasta las nueve—. Y en la calle, aplaudiendo y sorbiendo los mocos mientras veía pasar la camilla, estaba Toñín, el hijo retrasado de los dueños de la confitería La Magistral, siempre atento a cualquier cosa que viniera a perturbar la somnolencia de Tabira.

La tía Milagros había preparado para su hermana la habitación que solía ocupar yo —a mí me habían asignado el sofá cama del cuarto de estar—. Aunque era algo pequeña, era la más próxima al baño. Además, como daba al paseo de la muralla, tenía muy buenas vistas de los campos de cebada y lúpulo que rodeaban el pueblo y de las cumbres difusas de la sierra Perdida. Fran y Jorge tendieron a Pilar en la cama de ciento cinco, que Milagros había dispuesto de cara a la ventana. Su flacura esquelética, abultada por la hinchazón de los pies y del estómago, provocó un silencio espantado entre quienes no la veían desde hacía tiempo. Chus se disculpó con la voz rota y salió a llorar al pasillo. El abuelo Ginés, poco dado a demostrar sus afectos, se acercó a su hija y le acarició la sien con una mano trémula.

Fuensanta invitó a los enfermeros a comer con nosotros. «Donde comen dos, comen tres», aseguró con una sonrisa cansada. Jorge le dio las gracias, pero dijo que no podían quedarse porque a las seis tenían que estar de vuelta en Madrid. Antes de irse, Fran se quitó el colmillo del cuello y lo colgó del cabecero de la cama.

—Es un amuleto —le dijo a Pilar—. Le dará suerte.

Los acompañé a la ambulancia. En el pasillo Tesa se despidió de ambos con besos en las mejillas. Creyendo que yo no la veía, metió un papel doblado en el bolsillo del pantalón de Fran. Mientras se acomodaban en los asientos, a través de la ventanilla bajada, di las gracias a Fran por haber entretenido a Pilar durante el viaje.

—Hacía mucho que no la veía tan animada —dije—. Por cierto, ¿lo que contaste de María Dolores Pradera es verdad?

Él sonrió y me agarró suavemente del hombro.

—Eso es lo de menos, ¿no te parece?

La ambulancia se puso en marcha, dobló la esquina y desapareció.

Entonces oí algo raro. Una especie de murmullo de agua. Me di la vuelta y vi a Toñín babeando, orinando con los pantalones bajados en medio de la calzada.

II
RUINAS

GASTÓN

Hay cosas de Tabira que quizá tú no sepas. Por ejemplo, que hay tres. Tres Tabiras, sí, una encima de la otra, como las capas superpuestas de una tarta. De niños mis hermanas y yo nos imaginábamos las dos de abajo íntegras, con sus edificios, sus calles y sus cielos, respectivamente habitadas por romanos y aldeanos medievales que, pese a pertenecer a épocas distintas, llevaban una vida simultánea a la nuestra. No sé ellas —Pilar y Milagros—, pero yo no me caí del nido hasta los ocho años, cuando el Ayuntamiento levantó el empedrado de lo que entonces era la plaza Mayor para instalar unas conducciones de agua y se topó con los restos entremezclados de un foro romano y un crucero del siglo XII. Entonces entendí que las otras Tabiras, las que no eran la nuestra, eran aldeas de la memoria. Pueblos arruinados y sin firmamento donde —saltaba a la vista— era imposible que viviera nadie.

Aquel fue el inicio de las excavaciones —te hablo del año cuarenta y siete—, que alcanzaron su apogeo varias décadas más tarde, con la fiebre urbanística de los ochenta. Cerca de la iglesia de San Dimas, al cimentar un bloque de viviendas, se hallaron varios lienzos de la primera muralla de Tabira, de la que solo se tenía noticia por unos planos antiguos conservados en el Museo Municipal. Poco después, mientras se horadaba un solar para hacer un parquin subterráneo, aparecieron los restos de una fortificación legionaria: dos fosos en forma de V excavados en la grava del cerro sobre el que se asentaba el pueblo. Bastaba con arañar el pavimento, picarlo un poco con las taladradoras neumáticas, para hacer brotar de la tierra los cascotes de las Tabiras pasadas. Se encontraron muchas cosas. Un templo dedicado a la memoria del emperador Augusto. Unas termas mayores con un *frigidarium* y un mosaico casi intacto. Una sinagoga. Unas cloacas. Un ladrillo con la huella de una sandalia. Un arco de herradura mudéjar. Un ungüentario con restos de maquillaje. Una cimitarra. Una ficha circular de cerámica con un nombre —Columbus— inscrito en uno de sus lados. Unos fragmentos de ánforas que, al analizarse, demostraron que en la antigua villa romana, tan alejada del corazón del imperio, se había bebido vino de Rodas.

Los restos afloraban por todas partes, no solo en los espacios públicos, sino también en los hogares y negocios de los vecinos. Durante la reforma de su sótano, Natalio Galindo, el dueño de la funeraria, exhumó sin darse cuenta unas termas menores. En uno de los canales de desagüe, ocultas tras unas tejas, aparecieron varias joyas de oro, lo que llevó a los arqueólogos a concluir que allí se había bañado gente de alcurnia. Bajo los servicios del cine Tívoli se descubrieron los esqueletos uniformados de dos soldados franceses muertos en la guerra de la Independencia. En el bolsillo interior de la casaca de uno de ellos se encontró una hoja de papel doblada varias veces. Se hicieron pruebas para valorar su estado de conservación. Al final, un arqueólogo del Ayuntamiento consiguió desdoblarla sin romperla, usando vapor. No contenía órdenes que ayudaran a esclarecer mejor la guerra, como esperaban algunos, ni un mensaje de amor nunca enviado, como imaginaban otros, sino una única y brevísima frase escrita en una deslavada tinta violácea, apenas legible: *Je ne comprends rien.* No entiendo nada. Incluso en nuestra droguería asomó la cabeza el pasado. Pocos días antes de que trajeran a Pilar en la ambulancia, un técnico de la Junta de Castilla y León vino a informarnos de que la bodega que habíamos usado siempre como almacén era en realidad una ergástula del año treinta después de Cristo.

Las ruinas tuvieron en Tabira un efecto de doble filo. Nos ayudaron a entender mejor nuestra historia, no te digo que no. Soy el primero en admitir que a través de ellas adquirimos una idea más precisa de quiénes éramos. Además, una vez limpias y documentadas, atrajeron un goteo de visitantes que avivó nuestra aletargada economía. No es que antes no viniera gente. Que yo recuerde, en Tabira siempre hubo peregrinos, sobre todo en verano. Hacían noche en el hospital franciscano de las Cinco Llagas, que era gratuito, y se iban al alba, con sus bastones y sus vieiras, en dirección a Santiago. Algunos compraban hojaldres para el camino en La Magistral, o cucharitas de plata con el escudo de Tabira grabado en el mango, pero eran los menos. La mayoría se iban como habían llegado, con el alma llena y los bolsillos vacíos, sin haber gastado una peseta en el pueblo. Los nuevos visitantes, sin embargo, tenían costumbres menos austeras. Dormían en hoteles, comían en restaurantes y, si hacía bueno, se sentaban a beber refrescos en las terrazas de la plaza del Foro, que es como rebautizaron la plaza Mayor tras los hallazgos. Cuando los vecinos vieron que el goteo no cesaba, que no había visos de que la discreta bonanza acabase, se arriesgaron a hacer inversiones. Se construyeron tres hoteles, uno de ellos, el de Miguel el Indiano —el Baracoa—, de cuatro estrellas. Se abrieron mesones de comida típica, tiendas de regalos, cafeterías, bares de copas. Al rebufo del Museo Municipal, remozado para acomodar los hallazgos, se crearon otros dos: el del Lúpulo y el del Chocolate.

Pero también hubo consecuencias adversas. Muchas de las ruinas —las de menor entidad y las que estaban en peor estado— quedaron desatendidas. Algunas no se sabía ni qué eran. A las demás se les puso una placa de hierro en la que se explicaba con la ayuda de un croquis el lugar que, según los expertos, habían ocupado y la función que habían cumplido en las otras Tabiras. Estaban esparcidas por todo el pueblo. Confusos montones de piedra tendidos aquí y allá como animales muertos, interfiriendo en el ir y venir de los vecinos. En plena acera de la calle Grande había dos muñones de columnas con los que la gente no paraba de tropezarse, sobre todo los martes de mercado. En la placa se explicaba que en su día habían formado parte de una basílica de tres naves, ahora inimaginable. En la plaza de los Bancos hubo que instalar una rotonda para que los coches no chocaran contra unos sillares sin identificar. Pero la reliquia más conflictiva fue la escalera truncada que se halló en la chopera de la Culebra, de la que raro era el día que no se despeñaba algún niño.

Las ruinas provocaron muchas disputas. Los constructores estaban en pie de guerra porque el Ayuntamiento les paralizaba las obras en cuanto salía a la luz un vestigio. Las suspensiones podían llegar a durar años, hasta que los desbordados técnicos de la Junta determinaban la naturaleza de los restos. Si se trataba de algo importante —como el trecho de alcantarilla abovedada que apareció en el primer solar donde Miguel el Indiano quiso construir su hotel—, el Ayuntamiento anulaba el proyecto y ofrecía a sus responsables una indemnización ridícula. El Baracoa se acabó construyendo extramuros, en el camino viejo de Peñicas. El litigio que el Indiano entabló con el Consistorio aún colea en los juzgados.

También a los vecinos de a pie nos perjudicaron las ruinas. Surgían como setas debajo de nuestras casas, lo que nos obligaba a lidiar con toda clase de funcionarios y, a menudo, a enfrentarnos con otros vecinos, ya que los planos de las Tabiras de antaño nunca coincidían con los de la Tabira de hoy. La ergástula que mencioné antes, por ejemplo, ocupaba los sótanos de cinco viviendas además de la nuestra. Durante más de dos años Ginés, Fuensanta, mi hermana Milagros y yo tuvimos que asistir a largas y tensas reuniones para acordar los términos de la expropiación. Luego nos tocó sufrir las obras. Meses y meses de cascotes y polvo, agobiados por el fragor subterráneo de las taladradoras. La ergástula se abrió al público en mayo del ochenta y ocho. Pusieron la taquilla en la calle Plutón, invisible desde nuestros miradores, que daban al otro lado, a la plaza de Fátima. El no ver entrar a los visitantes hacía que su murmullo en las profundidades de la casa, donde antes solo había habido fregonas, cepillos y botes de detergente, resultara aún más inquietante.

No ha sido fácil, pero creo que hasta aquí he cumplido tus normas. He intentado ser conciso y he contado las cosas con la mayor objetividad posible, como si no te conociera. Pero no puedo cerrar estas líneas sin decirte algo que me preocupa. Tal y como yo lo veo, en Tabira la resurrección del pasado tuvo más efectos malos que buenos. Al menos para nosotros. Ojalá a ti no te pase lo mismo con estos recuerdos que ahora nos pides.

NOEMÍ

Ocurrió sin planearlo, como casi todo lo importante en esta vida.

Ariel vino a verme a eso de las once. No llamó al timbre, supongo que porque era un poco tarde y no quería molestar a mis padres. No sabía —no podía saberlo— que esa noche mis padres habían ido a cenar a León con unos amigos y, si otras cenas similares servían como precedentes, no volverían a casa hasta bien entrada la madrugada. En vez de llamar, tiró chinas a la ventana de mi habitación, que estaba en la planta de arriba. Yo estaba abajo, en el cuarto de estar, viendo en la televisión una película muy tonta que ya había visto el verano pasado en el Tívoli con la pandilla. *Aterriza como puedas*, se titulaba. Seguro que te suena. Aunque ya los conocía, los gags eran tan disparatados que habían acabado por hacerme reír. Pero yo no quería reírme porque me hacía sentir culpable. Desde por la mañana no había hecho otra cosa que pensar en Ariel. En el traslado de su madre. En lo mal que lo tenía que estar pasando. En cuándo podría verlo. Reírme mientras él sufría me parecía una falta de respeto. Un acto de indiferencia hacia su desdicha.

Con el ruido de la tele, tardé en oír el tintineo del cristal. Me levanté del sofá, aparté un poco la cortina y miré a la calle. Había anochecido hacía al menos media hora, pero aún quedaba en el cielo una leve irradiación azul. Ariel estaba en la carretera, bañado por la luz oblicua de las farolas, con las manos en las caderas y la cara levantada hacia mi habitación. Lo primero que noté fue que llevaba puesto el niqui blanco que le había enviado por Seur el día de su cumpleaños. Le quedaba pequeño. Estrecho de hombros y algo justo en las axilas. Me emocionó que, a pesar de la angustia y la talla incorrecta, hubiera tenido el detalle de ponérselo para venir a verme. Acababa de cortarse el pelo, como siempre que venía a Tabira. Y parecía más alto. Más grave. No sé, más hombre. Golpeé el cristal para llamar su atención. Cuando se volvió, lo saludé con la mano y fui corriendo a abrirle.

—Hola —dijo.

Al oír su voz, sentí que las rodillas me temblaban. Nos abrazamos con los ojos cerrados, basculando suavemente, como si estuviéramos bailando un agarrado. Para sellar el reencuentro, nos besamos en los labios.

—¿Qué tal tu madre?

Ariel chasqueó la lengua y negó varias veces con la cabeza.

—Si la ves, no la conoces.

La última vez que yo había visto a Pilar había sido en Navidades. Mi madre me había mandado a La Magistral a recoger un surtido de pastas de té para unas visitas que iba a tener esa tarde. Pilar estaba allí con su amiga Chus, comprando turrón y figuritas de mazapán. No sé de qué estarían hablando —la confitería estaba abarrotada y era imposible oírlas—, pero no paraban de sonreír mientras Pilar señalaba con el dedo las figuritas más tostadas. Llevaba un abrigo precioso. Granate, con botones dorados y un cuello de pelo que le daban un aire muy refinado. Era a todas luces una mujer sana, se diría que risueña, difícil de conciliar en mi mente con la enferma desahuciada de la que Ariel llevaba meses hablándome por teléfono. Al salir se cerró con una mano el cuello del abrigo, para protegerse del intenso frío de la calle, y deseó felices fiestas a todos. A mí me acarició la mejilla y, bajando la voz, me dijo: «Da recuerdos a tu madre, cariño».

Pilar y mi madre se conocían de siempre, como casi todo el mundo en Tabira, pero no eran amigas. No porque se cayeran mal —no había motivos para eso—, sino porque pertenecían a círculos distintos. Los círculos estancos de los pueblos, ya sabes. Desde que Ariel y yo salíamos juntos, habían empezado a pararse en la calle. Incluso habían quedado alguna vez para merendar y —supongo— hablar de nosotros en la cafetería Baviera. El amor es cosa de dos, suele decir la gente. Con todos mis respetos: no saben de qué están hablando.

—¿Quieres pasar? —dije.

—¿Y tus padres?

—Han salido.

Mi primer recuerdo de Ariel es de cuando teníamos siete años. Está vestido de cofrade en la procesión del Jueves Santo. La del Silencio. Se ha quitado el capirote y se queja amargamente porque no tiene guantes y la vela eléctrica que le han dado, que es de aluminio y está muy fría, le está helando los dedos. Yo le miro con lástima desde el anonimato de mi traje. Aún no sé quién es, pero me entran ganas de ayudarlo. Quiero acercarme a él y calentar sus manos con las mías. Entonces el cofrade que tengo detrás —otro niño, a juzgar por su estatura— me da un toque en el hombro y, sin decir palabra, me obliga a seguir caminando.

Te cuento esto para que entiendas que Ariel siempre había formado parte de mi vida. Desde antes incluso de conocerlo. Verano tras verano, había venido a buscarme a casa con cierta frecuencia, por lo general con la pandilla y, últimamente, desde que empezamos a salir, también solo. Pero entrar, lo que se dice entrar, solo había entrado una vez, unos ocho años después de aquella Semana Santa. Y no para verme a mí, sino para que mi padre, que era dentista, le empastara una caries que llevaba días torturándolo. «Me cae bien ese chico —dijo mi padre más tarde, durante la cena—. Es de tu pandilla, ¿no?» Yo respondí que sí. Estuve a punto de añadir que estaba enamorada de él como una tonta, pero al final no dije nada.

La consulta daba al *hall* de la planta baja. La puerta estaba entreabierta. A través del hueco se vislumbraban la salivadera y el sillón dental, siniestro en la penumbra como una mesa de operaciones. Pensé que lo último que querría Ariel en sus circunstancias era toparse con aquel artefacto quirúrgico, así que cerré la puerta y, cogiéndolo de la mano, lo conduje al cuarto de estar. Era una estancia bastante recargada, en línea con los gustos decorativos de entonces. Había un tresillo de cuero marrón. Fotos de familia en elaborados marcos de plata. Dos vitrinas de nogal con vajilla. Y, en las paredes, óleos de paisajes campestres, algunos de ellos pintados por mi padre. Nos sentamos juntos en el sofá. En la pantalla del televisor, Lloyd Bridges, despeinado y con la corbata floja, afirmaba haber elegido un mal día para dejar de esnifar pegamento. A continuación inhalaba con fuerza de un tubo y se desplomaba teatralmente de espaldas. Ariel sonrió.

—La vimos el año pasado, ¿te acuerdas? —dijo.

—Claro.

—Bruno y David casi se mueren de risa.

Se quedó pensativo, imagino que recordando el ruidoso ataque de risa de los gemelos, que había desatado protestas entre la gente y les había obligado a salir dando tumbos al vestíbulo.

Al sentarse, la parte trasera del niqui se le había salido de los pantalones. El elástico de las mangas le apretaba los brazos. El botón del cuello estaba en tensión.

—No acerté con la talla. Lo siento —dije avergonzada.

—¿Cómo? —dijo él, volviendo en sí.

—El niqui. Te está muy pequeño.

—Bah, no importa.

—¿Te apetece tomar algo? Hay Coca-Cola y cerveza, creo.

—No, gracias, no te molestes.

—No me cuesta nada...

—No, de verdad. Gracias.

—¿Quieres verla? —dije, señalando la pantalla.

—No, no. Qué va.

Me levanté a apagar el televisor. Al volver al sofá nos quedamos unos segundos callados. Mirándonos. Reconociéndonos.

—¿Qué tal el viaje? —pregunté por fin, y apoyé la mano en su rodilla.

Ariel se reclinó en el respaldo y suspiró. Había ido en la ambulancia con Pilar. Hacía un calor tremendo, dijo, y el traqueteo era constante. Habló con mucha gratitud de uno de los enfermeros. Juan, creo recordar que se llamaba. Al oír que Pilar tarareaba una canción de María Dolores Pradera, había improvisado una historia en la que él y su compañero trasladaban a la cantante desde su casa incendiada hasta el hospital. Pilar escuchó la historia con fascinación. Se animó tanto que, olvidando su malestar, se puso a hablar de sus artistas favoritos. Acabó cantando una canción de José Luis Perales, esa del barco que pintaba estelas en el mar.

—De no ser por ese chico, no sé si mi madre habría aguantado.

—¿Y tú qué tal estás?

Ariel me miró confuso, como si no entendiera bien mis palabras. De pronto empezó a llorar. Me dijo entre lágrimas que en los últimos meses todo el mundo le preguntaba por Pilar. Sus familiares. Los vecinos. Los profesores. La gente que llamaba a casa o lo paraba en la calle. Incluso los amigos. Todos, como era lógico, estaban preocupados por ella. Todos querían saber las novedades de su enfermedad. Hasta esa noche, sin embargo, nadie había mostrado interés por saber cómo estaba él. La pregunta lo había cogido por sorpresa. Su llanto era discreto, sin convulsiones, muy distinto del de aquella procesión de la infancia. Pero despertó en mí el mismo deseo de darle calor. De cobijarlo. Me acerqué más a él y lo abracé con fuerza.

—Solo —dijo, con la cara húmeda hundida en mi cuello—. Me siento muy solo.

Entonces ocurrió. En algún momento de aquel abrazo, su congoja y mi lástima se transformaron en algo distinto. Como te puedes imaginar, no voy a entrar en detalles. Basta con que sepas que Ariel y yo ya nos habíamos besado otras veces. En el Tívoli. En la cafetería Aqualung. En los bancos ocultos del jardín del Moro. Pero no habían sido más que escarceos, nada comparable con el arrebato de esa noche.

—¿Me quieres? —dije mientras lo guiaba a mi habitación a través de la casa en tinieblas.

—Sabes que sí.

—Pues dilo.

—Te quiero.

—Repítelo.

—Te quiero, te quiero, te quiero.

Y, como suele decirse, lo demás es historia.

BRUNO

Eran las cinco y hacía mucho calor. Borja, Ariel, mi hermano David y yo nos dirigíamos a las canchas de los Salesianos, donde nos esperaban los demás para jugar una pachanga de baloncesto. Normalmente bajábamos más tarde, cuando el sol aflojaba, pero queríamos ir al Tívoli a las ocho —ponían *Nueve semanas y media*—, así que decidimos bajar antes, en pleno bochorno de la sobremesa. En realidad los que queríamos ir al cine éramos los chicos porque sabíamos que en la película salía Kim Basinger haciendo un estriptis. Lo que no recuerdo es por qué íbamos a pie, teniendo las motos. Supongo que nos convenció Borja. Era con diferencia el más deportista de todos y no paraba de decirnos que éramos unos vagos y que con lo cerca que estaban las canchas era absurdo ir en Vespino. Caminábamos despacio por las calles vacías, buscando la sombra, hablando de Kim Basinger. Ariel iba botando el balón. Los choques de la goma inflada contra el pavimento resonaban como tiros de carabina en el aire caliente.

Al doblar la esquina de la calle Limón, antes de enfilar la bajada de los Mártires, nos topamos con el Cuco y un amigo suyo al que llamaban el Rata. Se miraron un instante y, como si lo tuvieran ensayado, se cruzaron de brazos y se plantaron ante nosotros en el centro de la acera, impidiéndonos el paso. Siempre me ha asombrado esa capacidad de la gente canalla para entenderse sin decirse nada. El Rata tenía muy mala fama en Tabira. A los quince años había atracado a punta de navaja el estanco de doña Toya, el de la plaza de los Bancos. Se llevó tres cartones de Ducados y lo que había en la caja, que no llegaba a cuatrocientas pesetas. Pasó seis meses en el reformatorio de San Rafael, del que salió, según decía todo el mundo, mucho más canalla de lo que había entrado. Tenía el pelo pajizo, la cara llena de granos y los ojos de un azul tan cristalino que parecía imposible que pudiera ver nada con ellos. Un azul de hielo, que inspiraba desconfianza. Y qué te voy a contar del Cuco. El matarife. A mí ese chaval me daba pánico. Me asustaba su cara de viejo. Su voz bronca. Su falta de inocencia. Pese al calor, esa tarde llevaba su cazadora de siempre, con las mangas y el cuello subidos. En la mano izquierda sostenía un cigarro sin filtro a medio fumar.

—Hombre, pero si ya están aquí los pijos —dijo.

El Rata se rio. Tenía los dientes pequeños y húmedos, casi del mismo color que el pelo. El Cuco dio una calada al cigarro, ladeó la cara y, entornando los ojos, soltó una nube de humo.

—Qué hay —dije yo.

Traté de seguir adelante, pero el Cuco me detuvo poniéndome la mano derecha en el pecho. La misma mano, pensé horrorizado, con que mataba y destripaba reses. David se movió hacia mí y nuestros hombros se rozaron. Sentí su tensión. Un miedo gemelo del mío.

—¿Tenéis prisa? —dijo el Cuco con una sonrisa torcida.

Él y sus amigos habían empezado a meterse con nosotros hacía un par de veranos. A llamarnos pijos madrileños. Y es curioso porque no éramos ni una cosa ni la otra. Ninguna de nuestras familias nadaba en la abundancia. Nuestros padres eran comerciantes, pequeños empresarios, electricistas, abogados discretos, dentistas, profesores de instituto y empleados de Galerías Preciados. Gente que trabajaba mucho para que no nos faltase de nada. Y los únicos madrileños que había en la pandilla eran Sole y Ariel. No sé por qué nos odiaban esos chicos. Lo que sí sé es que al odio le gusta simplificarlo todo. El odio detesta la complejidad porque es diversa y uno, cuando odia, solo puede dispararle a una cosa. Pero a lo que iba. El Cuco y sus amigos llevaban ya un tiempo provocándonos. Hasta esa tarde, sin embargo, nunca se habían puesto agresivos.

—Apártate, por favor —dije.

Me da vergüenza admitirlo, pero tenía tanto miedo que apenas me salía la voz. El Cuco debió de notarlo porque, de pronto, quitó la mano de mi pecho, dio un resoplido burlón y dijo:

—Mira que sois nenazas. ¿Qué, a jugar a la pelotita?

El Rata se rio de nuevo. De pronto soltó el brazo y trató de quitarle el balón a Ariel de una manotada. Ariel reaccionó con rapidez. Abrazó el balón y lo protegió con el cuerpo, como si estuviera defendiendo un rebote. Irritado, el Rata volvió a intentarlo. Entonces intervino Borja.

Golpeó con fuerza el brazo del Rata. Luego se colocó entré él y Ariel con los brazos en jarras y las piernas abiertas.

—Dejadnos en paz —dijo, desafiante.

Y aquí tengo que explicarte una cosa.

Los reencuentros veraniegos de la pandilla eran siempre festivos y, al mismo tiempo, algo incómodos. Ariel, Raúl y Javi solían ir a Tabira también en Navidad y en Semana Santa, pero los demás solo nos veíamos de verano en verano y nos costaba un poco asimilar las novedades. Como te puedes imaginar, a esas edades había muchas. Había estirones. Había cambios de voz. Había auténticas transformaciones, como cuando Marieta, que era castaña y rechoncha, llegó de Burgos convertida en una sílfide rubia.

La novedad más importante de aquel verano fue que la madre de Ariel se moría. Hasta ese momento, la muerte había sido para nosotros una fatalidad lejana que, como los incendios, los robos en las casas o los terremotos, solo le sobrevenía a gente que no conocíamos. Su súbita cercanía nos sacó de nuestra burbuja. No supimos gestionar el impacto. Algunos empezaron a tratar a Ariel con una precaución casi solemne. David y yo intentábamos no sacar a nuestra madre en las conversaciones, para que él no se entristeciera pensando en la suya. A falta de otros recursos, Borja decidió usar su fuerza para resguardarlo de las agresiones físicas. Miraba por él en los partidos de futbito y de baloncesto, sobre todo cuando jugábamos con chicos de otras pandillas. Lo amparaba como un hermano mayor en los bares. Y desde luego no pensaba permitir que ni el Cuco ni sus amigos le pusieran la mano encima. Por eso se encaró de esa forma. Por eso le dio un golpe en el brazo al Rata, un chaval peligroso, capaz de una violencia tan inconcebible para nosotros como la muerte.

Los segundos que siguieron fueron muy largos. El Rata se metió la mano en el bolsillo y agarró algo, imagino que una navaja. Miró a Borja con sus ojos gélidos. Después al Cuco. Una vez más, se entendieron sin decirse nada.

—Tirad, mariquitas —dijo el Rata echándose a un lado.

—Id por la sombra —añadió con sorna el Cuco.

Pasamos en silencio entre ellos y, sin echar la vista atrás, enfilamos la bajada de los Mártires.

Parte de la tarde se nos fue en contar a los demás lo que había pasado. Jugamos un rato al baloncesto, aunque sin muchas ganas. Por el calor, pero también porque algo había cambiado. Era como si al verano incipiente —estábamos aún a mediados de julio— le hubiera caído una mancha.

Al subir nos encontramos con mi madre, que entraba en San Dimas con la tía Queta para oír misa de ocho. Llevaba en la mano su abanico favorito, uno antiguo de nácar, decorado con la reproducción de una pintura de Goya: *La pradera de San Isidro*. Las chicas nos esperaban a la puerta del Tívoli, unos metros más arriba.

—¿Qué tal Pilar? —le dijo mi madre a Ariel.

Me sorprendió la naturalidad de su interés porque nosotros apenas nos atrevíamos a preguntarle. Pensé que a lo mejor era eso lo que distinguía a los adultos: poder hablar sin remilgos de las tragedias de los otros.

—Igual —dijo Ariel.

—Dale un beso de mi parte. Mañana me paso a verla. Desde el Tívoli, Sole se señaló el reloj para decirnos que llegábamos tarde. Hicimos ademán de movernos, pero mi madre no había acabado. Nos preguntó a David y a mí adónde íbamos. David contestó que al cine. Lo normal era que a continuación mi madre hubiera querido saber qué ponían —era muy estricta con las películas que veíamos—, pero en vez de eso nos miró de arriba abajo y dijo:

—¿En ropa de deporte?

David y yo asentimos. Tía Queta chasqueó la lengua.

—Oléis a rayos, hijos —dijo, arrugando la nariz.

—Andando a casa a ducharos y a vestiros como Dios manda —ordenó mi madre.

—Pero, mamá... —protestó David.

—A casa he dicho —sentenció ella, apuntándonos con el abanico.

Entonces miró a los demás y añadió:

—A quién se le ocurre ir al cine con esas pintas.

David y yo bajamos la cabeza y, separándonos del grupo, obedecimos humillados su orden.

Aquel verano tuvo, para bien o para mal, muchas tardes memorables, pero esa en particular se me quedó grabada por dos cosas. Porque empezaron los problemas. Y porque no vi desnudarse a Kim Basinger.

ARIEL

Tengo seis años y, contraviniendo las órdenes de Pilar, que teme que me caiga, he salido solo al balcón porque en casa hace un calor asfixiante. El verano no quiere irse. En Madrid sigue siendo julio aunque acaba de empezar octubre. Hago además de agarrarme a los barrotes, pero me detengo. Están oxidados y manchan. Pilar le ha pedido muchas veces a Gonzalo que los pinte. Gonzalo dice que sí, que en cuanto tenga un momento, pero no lo hace.

Tesa está abajo, en la calle, jugando a la rayuela con dos amigas del barrio. Debe de ser domingo porque lleva puestos un vestido amarillo y unos zapatos de charol blancos que nunca usa entre semana. Tiene los calcetines bajados. Pilar le ha recogido el pelo en dos coletas. En el reverso de la mano lleva una calcomanía de Snoopy que hace un rato le he visto ponerse en el baño. Salta a la pata coja sobre los cuadrados de tiza. Presta tanta atención que el ceño se le frunce como si estuviera enfadada. Pero no lo está. Completa una ronda sin cometer ningún fallo. Cuando termina, sus amigas le dedican un aplauso entusiasta. El ceño de Tesa se relaja. En su rostro aparece una sonrisa limpia. Entonces alza la vista hacia el balcón, como si supiera que la estoy mirando. Se toca los labios con la yema de los dedos y me manda una ristra de besos a través del calor. Mi intención es responderle de la misma forma, pero no me da tiempo. Pilar sale de repente al balcón, me da un azote en el culo por desobedecerla y, agarrándome del brazo, me obliga a entrar en casa.

Me gusta recordar a Tesa detenida en ese instante. Feliz. Lanzando besos al aire. Vibrando con su vestido amarillo en la acera. Para mí, esa es mi hermana. No la muchacha áspera en que se convirtió luego. Siempre en tensión. Siempre al borde de un precipicio que solo ella veía.

¿Qué fue de aquella niña?

¿Qué le pasó a Tesa?

ESTEFANÍA

Es raro eso de las confidencias. Piensas que hace falta cierto grado de intimidad para compartirlas con alguien y luego te das cuenta de que no, de que hay gente que encuentra más fácil contarle sus secretos a un desconocido. No estoy segura —una nunca puede estar segura de esas cosas—, pero creo que por eso se abrió conmigo Pilar. Porque no me conocía.

La primera confidencia me la hizo a los pocos días de llegar a Tabira en la ambulancia.

—Tanto vivir para nada —dijo de repente, sin mirarme.

Estábamos solas en la habitación. Hacía calor y yo acababa de abrir la ventana. El sol sesgado de la media tarde atravesaba la persiana a medio bajar y proyectaba rayas discontinuas de luz sobre la colcha blanca y el gotelé. La familia de Pilar dormía la siesta. Del cuarto de estar llegaba el sonido atenuado del televisor.

—¿Perdón? —dije.

Pilar acarició con sus dedos escuálidos un escapulario de la Virgen del Carmen que llevaba colgado del cuello. No soy especialmente devota, pero sé que era de la Virgen del Carmen porque se lo había visto a otros pacientes en el hospital de León donde trabajaba antes. Tras un momento de silencio, Pilar volvió hacia mí sus ojos biliosos y dijo:

—Cuántos errores, Dios mío. Qué desastre.

En el cambio de turno, Isabel —la otra enfermera— me había dicho que Pilar había pasado mala noche. A eso de la una la había despertado el dolor y, aunque le administrábamos unas dosis de oxicodona muy altas, no había vuelto a dormirse hasta por la mañana. Había pasado el día en un duermevela, aturdida por la fiebre y los pinchazos del abdomen. Yo sabía que su queja era efecto del malestar y de lo que una de mis profesoras de la Escuela de Enfermería llamaba «las recapitulaciones finales». Allí, en la Escuela, nos habían enseñado a protegernos de eso, a no dejarnos arrastrar por el desplome emocional de los pacientes. Aun así, las palabras de Pilar me cogieron por sorpresa y me hicieron poner mi vida bajo una luz poco favorecedora. Pensé en mis empleos temporales, que apenas alcanzaban para pagar el alquiler y llevar comida a la mesa. Pensé en Pedro, mi marido, que me había abandonado hacía tiempo para irse a vivir con otra mujer. Pensé en Lucía, mi hija de cinco años, que me esperaba en casa de una vecina dibujando con lápices de colores familias sonrientes de tres miembros.

—No debería pensar esas cosas —le dije a Pilar, y me di cuenta de que en realidad me lo estaba diciendo a mí misma.

Pilar volvió la vista hacia la ventana, hacia los campos de lúpulo y las casas desperdigadas de las afueras. Pareció pensar un momento. Entonces soltó el escapulario, me cogió la mano —aún recuerdo el tacto descarnado de sus dedos—, cerró los ojos y se quedó dormida.

Aquella revelación truncada fue, por así decirlo, el pistoletazo de salida de las confidencias. En las semanas siguientes, Pilar me contó muchas cosas. Cosas que, según dijo, nadie sabía. Ahora las sabrás tú —creo que es justo— y todo aquel a quien permitas leer esto. Otra tarde me contó, por ejemplo, que no quería a Gonzalo. Que, siendo sincera consigo misma, nunca lo había querido. El verano en que lo conoció, ella estaba medio saliendo —así lo dijo: «medio saliendo»— con un chico de Tabira. Un tal Salvador. Si se fijó en Gonzalo, fue porque sus amigas no paraban de decirle que él la miraba mucho en la verbena del jardín del Moro. Gonzalo estaba en Tabira visitando a un amigo de la facultad. Acababa de terminar Derecho en la Complutense y ese otoño iba a empezar a preparar Notarías. Seguía así los pasos funcionariales de su padre, que había sido juez. Y digo «había sido» porque había muerto en un accidente de coche cuando Gonzalo era pequeño.

—No sé si lo de Salvador tenía futuro, pero fue un error dejarle así —admitió Pilar.

Y es que no lo hizo porque Gonzalo le gustara más. Lo hizo porque todo el mundo, incluida Fuensanta, le insistía en que, además de guapo, el chico era un partidazo. No como Salvador, le decían, que no tenía ni la Educación Primaria. Pilar se dejó llevar. Casi sin darse cuenta, se encontró paseando del brazo por Tabira y, más tarde, cuando Gonzalo volvió a Madrid, carteándose en calidad de novia con un chico que no le hacía ni fu ni fa. Quiso romper con él varias veces, me aseguró. Y una de ellas estuvo a punto de hacerlo. Fue la primavera siguiente —para entonces ya estaban prometidos—, el día en que comió por primera vez con él y Carmina, su futura suegra, en su piso de Puerta del Ángel. Fuensanta iba a haber ido con ella, pero dos días antes Ginés había caído enfermo con gastroenteritis y se había tenido que quedar a cuidarlo.

—Aquella casa era una pesadilla —me dijo Pilar.

Había polvo sobre los muebles. Las moquetas estaban raídas. Docenas de humedades secas abombaban el papel pintado de las paredes. El cuarto donde estudiaba Gonzalo era un cuchitril oscuro y mal ventilado que olía a tubería y sudor. «¿Por qué no nos casamos en septiembre? —propuso él de repente tras un incómodo primer plato en silencio—. Podemos vivir aquí hasta que saque la oposición. ¿Verdad, mamá? No será mucho tiempo.» Carmina asintió rápidamente con la cabeza. Dejó de servir los filetes rusos del segundo plato y se quedó inmóvil, con los labios apretados, a la espera de una respuesta. Pilar apartó la vista para esconder su desánimo y se topó con el retrato al óleo de don Silvestre, el padre de Gonzalo. Estaba sentado muy recto, con las piernas cruzadas, en un sillón orejero de piel marrón. Llevaba un traje oscuro. Zapatos Oxford negros. El pelo peinado hacia atrás. Y miraba al frente con dureza a través de unas gafas redondas doradas, como si hubiese algo a este lado del lienzo que no fuera de su agrado. Intimidada por su severidad, Pilar bajó la cabeza. De pronto odió a Fuensanta. La odió por haber alentado el noviazgo. Por haberla dejado sola en semejante encrucijada. Por no estar allí para salvarla. La odió con tanta fuerza que se tuvo que refrenar para no ponerse a gritar de rabia.

—Yo lo que quería era que mi madre me cogiera del brazo y me sacara de allí para siempre —me dijo.

Pilar sabía que, si quería parar aquel sinsentido, ese era el momento de hacerlo. Respiró hondo. Tragó saliva. Volviéndose hacia Gonzalo, contestó con un hilo de voz que septiembre le parecía bien.

Carmina sonrió complacida y siguió sirviendo los filetes rusos. Tras el postre, pidió a Pilar que le ayudara a recoger. Cargaron lo que había en la mesa sobre dos bandejas metálicas y, mientras Gonzalo iba a sentarse al sofá, entraron juntas en la cocina. Pilar tuvo que contener la respiración. Allí dentro apestaba a basura y agua pútrida. Había cacharros sucios por todas partes. La rejilla de hierro de los quemadores estaba incrustada de grasa negra. Por los azulejos blancos de la pared resbalaban chorretones de mugre. «Perdona el desorden», dijo Carmina en un tono alegre y, dejando la bandeja en una mesa de formica, le ofreció a Pilar un delantal y unos guantes de goma. A Pilar le costó trabajo ponerse los guantes porque estaban mojados por dentro. Poco a poco fue sacando del fregadero los platos, las sartenes, las tarteras y los cubiertos emporcados, apilándolos como podía sobre la encimera. Cuando el fregadero quedó libre, abrió el grifo y observó cómo el chorro de agua caliente disolvía la capa de porquería que se había formado en el fondo de acero inoxidable. Entonces levantó la vista, miró a su alrededor y descubrió que

Carmina se había ido. Sin decir palabra, su futura suegra la había dejado sola en la cocina.

—Tardé años en perdonar a mi madre. Hasta que por fin dejé de culparla y entendí... —empezó a explicarme Pilar, pero se calló al ver entrar a Ariel en la habitación. Iba en ropa de deporte y llevaba bajo el brazo un balón de baloncesto.

—Salgo —dijo, y se inclinó para besar a su madre en la frente.

—¿Vais a hacer deporte a estas horas, con la solana que está cayendo?

Eran las cinco. El aire que entraba de la calle quemaba.

—Es que luego queremos ir al cine.

—¿Qué vais a ver?

—No lo sé.

—Ten cuidado, hijo, no vayas a coger una insolación.

Ariel la besó otra vez, me sonrió muy triste y se fue. Pilar me miró para seguir explicándome, pero entonces entraron en la habitación Fuensanta y el doctor Uribe y ya no volvimos a estar solas hasta el día siguiente. En cualquier caso, es fácil intuir lo que quiso decirme esa tarde: que dejó de culpar a su madre cuando por fin pudo ver que la culpa, si es que alguien tenía culpa de algo, era suya.

Te escribo todo lo que recuerdo, tal como pediste, esforzándome por rescatar los detalles, y al hacerlo me parece estar oyendo la voz de Pilar, cada vez más quebradiza, cada vez más débil. Es tan real que algunas veces, en medio de una frase, me doy la vuelta sobresaltada pensando que ella está en la habitación, a mi espalda, en camisón y con el escapulario entre los dedos. Y puede que así sea, ¿no crees? Puede que de verdad esté aquí, dictándome estas palabras, aunque al volverme nunca la vea. De otra forma no me explico cómo, con los años que han pasado, aún recuerdo tantas cosas.

Con esa voz tan cansada, aprovechando los respiros que le daba el dolor y los ratos en que la familia y las visitas nos dejaban solas, Pilar me contó que la noche de bodas había sido un desastre. La pasaron en un hotel de las afueras de Tabira. El Baracoa. Gonzalo entró en ella sin quitarse el pijama. Acabó enseguida, como si tuviera prisa por despachar ese trámite. Luego se arrebujó en las mantas y se durmió. Ni rastro de las caricias, los susurros y el placer que le habían descrito a Pilar algunas de sus amigas casadas. Solo un aguijonazo —esa fue la palabra que usó: «aguijonazo»—, que la dejó dolorida y despernancada en la cama, y la sensación, más bien la certeza, de que nada que empezara tan mal podía llegar a ningún sitio. Espero que no te incomoden estos detalles íntimos. Pensé no contártelos, pero al final cambié de opinión. Si, como dices, estás buscando la verdad, es mejor que la escuches completa.

Pilar me contó también que los dos años siguientes fueron los más tristes de su vida. Se instaló con Gonzalo en el piso de Puerta del Ángel, en un dormitorio opresivo con vistas a un estrecho patio de luz, y se convirtió en la sirvienta de la familia. Mientras Gonzalo memorizaba en su cuchitril los temas de la oposición y Carmina se entretenía con sus amistades, ella hacía todo lo que nadie había hecho con asiduidad en esa casa desde el fallecimiento de don Silvestre, cuando Carmina, al ver que la pensión de viudedad no alcanzaba, decidió prescindir de la criada que habían tenido desde siempre. Pilar limpiaba los baños, hacía las camas, cocinaba, pasaba la aspiradora, fregaba, lavaba la ropa, quitaba el polvo, planchaba, hacía la compra, aireaba las habitaciones. «No será mucho tiempo», había dicho Gonzalo, pero suspendió la primera convocatoria a la que se presentó y, tras varias semanas de desaliento, retomó la rutina del estudio sin que ni él ni su madre dieran muestras de querer alterar un orden doméstico que tan cómodo les resultaba a ambos.

El cambio llegó solo, o casi solo, a mediados del segundo año, cuando Pilar se quedó embarazada. «Tenemos que irnos. Aquí no hay sitio para los tres», anunció una noche durante la cena. Gonzalo y Carmina no se opusieron, al menos frontalmente, pero tampoco celebraron la idea. Gonzalo dijo que buscar casa requería tiempo y esfuerzo, y él, sintiéndolo mucho, tenía que centrarse en la oposición. «Además, ¿con qué vamos a pagarla?», añadió más tarde en el dormitorio, mientras se preparaban para acostarse. Carmina no se molestó en decir nada. Se levantó de la mesa en cuanto acabó la naranja del postre y siguió actuando como si no hubiera oído el anuncio. Así que Pilar, que no soportaba más aquella situación, tomó la iniciativa. Tras varios meses de búsqueda, dio con un piso idóneo en la calle García de Paredes, un tercero exterior sin amueblar con tres dormitorios: uno para el bebé, otro para ellos y otro, el más pequeño, para que estudiara Gonzalo. El tamaño justo, consideró, para que nadie pudiera proponer que

Carmina se fuera a vivir con ellos. La entrada y las primeras mensualidades de la hipoteca las costearon sus padres.
También los electrodomésticos, la vajilla y los muebles,
que Pilar y Fuensanta compraron juntas en la Ribera de
Curtidores.

Esos, los de la búsqueda y el acondicionamiento de la
casa, fueron para Pilar meses de duros conflictos interio-
res. Se avergonzaba de sí misma porque sentía que estaba
usando al futuro bebé para escapar de una situación de la
que tendría que haber sabido escapar sola. ¿Cómo podía
ser tan cobarde?, se recriminaba mientras recorría Madrid
inspeccionando pisos, mientras elegía el tresillo del cuarto
de estar, mientras les decía a los empleados de la mudanza
dónde dejar los bultos. Se había casado sin rechistar con un
hombre a quien no quería. Había permitido que ese hombre y su madre le colgaran un mandil y la hicieran su criada. Durante dos años había llevado sin oponer resistencia
una vida sometida y gris. Y, por si toda esa indignidad no
bastase, ahora usaba el embarazo como pretexto para mu-
darse de casa. «Porque eso es lo que era, no te creas: una
excusa», me confesó Pilar. Deseaba irse de Puerta del Ángel no por el bien de la criatura que llevaba dentro, sino
por el suyo propio, para huir de tanta tristeza.

—Yo no quería ser madre, no así —me dijo, mirando
hacia otro lado.

Pero necesitaba serlo para que su vida mejorara un
poco.

Entonces llegó Tesa y, de la noche a la mañana, todo se
llenó de luz. En cuanto la tuvo en los brazos, Pilar entendió

que, de ahí en adelante, aquella niña dormilona y plácida iba a ser su motor, el centro inamovible de sus atenciones. Lo demás pasó de golpe a un segundo plano. Entendió también que, al contrario de lo que había pensado a veces, en sus momentos más bajos, nunca iba a dejar a Gonzalo porque, ahora que tenía a Tesa, ya le daba igual no quererlo. Siguió con él a pesar de su frialdad y sus fracasos.

El más estrepitoso de ellos fue sin duda el de las oposiciones. Gonzalo se presentó tres veces y suspendió las tres en el primer examen. De nada sirvieron los miles de horas de estudio, la rutina inflexible, las llamadas telefónicas a antiguos colegas de don Silvestre para suplicar que movieran hilos desde sus despachos. Después del tercer suspenso, pasó varios días derrotado en la «cueva de los monstruos», como solía llamar Pilar al cuarto de estudio cuando hablaba con Fuensanta los domingos, lamentando su mala suerte entre los tomos legales y las pilas de apuntes subrayados. Durante su encierro, Tesa dijo su primera frase completa —«Quiero bajar en el ascensor»— y Pilar descubrió con alegría que estaba embarazada otra vez. La familia aumentaba y Gonzalo tuvo que salir de su postración con urgencia. Abandonó definitivamente la oposición. Pidió un préstamo al banco y abrió un bufete en una oficina alquilada en la calle José Abascal, pero tuvo que cerrar antes de un año por lo mal que trataba a sus escasos clientes. Tampoco se llevaba bien con sus colegas. No hacía ni devolvía favores, pero le faltaba tiempo para pedirlos cuando los necesitaba. No tenía atenciones con nadie ni asistía a los actos públicos que organizaba el Colegio de

Abogados. Podía recitar de memoria una infinidad de leyes y códigos, pero no había aprendido lo más importante: no sabía hablar el lenguaje de los hombres.

A través de un anuncio en el periódico, consiguió un trabajo de viajante con una editorial especializada en libros de medicina.

—No sé si reír o llorar al acordarme —me dijo Pilar.

Por aquel entonces Gonzalo aún no tenía carné de conducir, así que iba a ver a los clientes en tren o en autobús, cargado con una maleta llena de libros que pesaba como el plomo. A menudo no llegaba a las citas con los clientes, o llegaba tarde y desfondado, sin ánimo para intentar vender nada. Lo echaron a los seis meses por falta de resultados. La situación se hizo crítica. Con Ariel habían aumentado los gastos familiares. Además había que pagar la hipoteca y el préstamo del bufete fallido. Al final fue Fuensanta quien los sacó de la estacada. A la desesperada, cogió el teléfono y llamó desde Tabira a Dorita Ponte, una antigua compañera de la escuela que nunca le había caído bien y con quien no hablaba desde hacía veinte años. Dorita se había ido a Madrid al casarse con un oftalmólogo de Ciudad Lineal. Sorprendentemente, respondió a la súbita petición de auxilio con un interés verdadero. Prometió preguntar entre sus conocidos, a ver si alguien sabía de algo. «Si no nos ayudamos nosotras, ¿quién va a hacerlo?», dijo, y Fuensanta tuvo que morderse los labios para ahogar un suspiro de alivio y de vergüenza. Unos días después llamaron a Gonzalo de Galerías Preciados para ofrecerle una vacante en la zapatería de la tienda de Callao.

Lo último que me contó Pilar —la última confidencia— tiene que ver con Tesa. Al cumplir los dieciséis años, la niña dormilona y plácida que al nacer lo había llenado todo de luz se transformó en un manojo de nervios que desobedecía por sistema, iba mal en el colegio y salía con chicos de aspecto tétrico, bastante mayores que ella. Gonzalo no dudó en achacar el cambio a un test de inteligencia que le habían hecho a la niña en el colegio. El resultado había sido tan malo que Tesa había perdido la ilusión por las cosas. ¿Para qué esforzarse?, debió de pensar. ¿Para qué apuntar alto cuando sus limitaciones eran tan obvias? Pilar no contradijo a Gonzalo, aunque su propia explicación de lo que le había pasado a su hija era diferente. Ella estaba convencida de que la culpa era suya, de que la causa de tanto desorden era no haber querido tenerla y haberla utilizado de forma egoísta durante el embarazo.

—Nació sabiendo que no la quería —me dijo con la poca voz que le quedaba.

—Eso es imposible —le dije yo para tranquilizarla.

—¿Cómo se puede superar eso? —concluyó ella.

Y volvimos al silencio.

Perdona que me haya alargado tanto. Cuando empecé a escribir estas líneas no sabía que tenía tantas cosas guardadas en la memoria. Es curioso cómo unas palabras llevan a otras. Cómo casi sin querer, a medida que una escribe, van saliendo y encadenándose los recuerdos. Pilar me marcó, eso está claro. Parece que no supe despegarme emocionalmente de ella, como nos habían aconsejado en la Escuela de Enfermería. Perdona también que sea yo, una total desconocida, quien te cuente todo esto. Tiene que ser raro enterarte de los secretos de Pilar a través de alguien que solo estuvo con ella unas semanas. Unas horas, en realidad, si descontamos todo el tiempo que pasó acompañada por su familia o sumida en el dolor o aletargada por la oxicodona y el agotamiento. ¿Por qué se sinceró conmigo en vez de con su madre?, te estarás preguntando. ¿Por qué no le abrió el corazón a su hermana Milagros? ¿O a sus hijos? ¿O a Chus, su amiga del alma, que apenas se apartó de la cama durante su agonía? Como te dije antes, una no puede estar segura de esas cosas, aunque yo tengo una teoría. Yo creo que, al ver que el fin se acercaba, Pilar sintió la necesidad de aligerar la conciencia. La gente en esos casos suele —o al menos en aquella época solía— buscar consuelo en la religión. Pilar no fue una excepción. Prueba de ello es la forma en que se aferraba al escapulario cuando, según me confesó, no iba a misa desde que Tesa y Ariel eran niños. Sin embargo, no me la imagino contándole al padre Colomo lo que me contó a mí. El padre Colomo era el anciano cura de la familia y venía a verla a diario justo a la hora de la merienda, como si, más que ayudar a su feligresa a morir en paz, su verdadero motivo para visitarla fuera el café con bizcochos que siempre le preparaba Fuensanta. Y no me la imagino contándole esas cosas porque, además de descargar la conciencia, Pilar quería hacer justicia con su vida. Le parecía inaceptable morirse sin dejar constancia de sus miserias. Irse así era como no haber vivido del todo, no sé si me explico. Como si toda su existencia hubiera sido una farsa. Le hacía falta alguien a quien transferir ese legado sombrío. Un confidente que la escuchara. Pero no le valía cualquiera. Ese confidente debía ser una persona neutral. Un extraño. Lo que Pilar quería, en el fondo, era nadar y guardar la ropa. Quería desembarazarse de la verdad sin decepcionar ni herir a sus seres queridos. Por eso, creo, me eligió a mí.

Y la entiendo, por supuesto que la entiendo. Más ahora que estoy en una situación casi idéntica. Mi enfermedad es otra —una infección pulmonar— y llevo más de un mes ingresada en un hospital de León del que lo más probable es que ya no salga. El mismo hospital del que te hablé antes, por cierto, donde trabajé antes de cuidar a Pilar. Las vueltas que da la vida. Pero mi dilema es el mismo que el suyo. Mi primera intención fue resolverlo igual. O sea, contar mis tropiezos a las enfermeras o a las mujeres que, a medida que pasan los días, van ocupando la otra cama de la habitación. Al final, sin embargo, he decidido, ahora que aún tengo fuerzas, hablar con mi hija porque no quiero que repita mis errores y porque antes de dejarla quiero que sepa quién soy. Y voy a hacerlo hoy mismo. Se lo debo, ¿no te parece? Voy a cerrar este ordenador portátil que ella misma me ha traído para que me entretenga y voy a esperar a que llegue. De hecho, creo que ya oigo sus pasos acercándose por el pasillo. Los pasos de mi hija. De Lucía.

ARIEL

—No me ha bajado —dijo Noemí.

—¿El qué?

—¿Qué va a ser?

En la casa de Tabira no teníamos teléfono, así que la estaba llamando desde una cabina que había en la plaza del Foro, justo enfrente de la heladería Venezia. Ahora esa cabina ya no está. Bueno, ni esa ni ninguna. Las quitaron todas con la llegada de Internet y los móviles.

Se acercaban las fiestas y Tabira se iba animando. Había gente viendo las ruinas, entrando y saliendo de las tiendas, paseando, bebiendo refrescos bajo los parasoles de las terrazas. Un par de calles más abajo, en la plaza de Fátima, estaban montando la feria. Mezclados con el rumor de los turistas se oían martillazos y un golpeteo de planchas metálicas. Una mujer rubia, muy grande, embutida en una camiseta de tirantes azul celeste que dejaba a merced del sol sus hombros y brazos pecosos, esperaba con gesto impaciente para usar el teléfono.

—Es imposible —dije.

Y en teoría lo era porque habíamos usado protección. No gracias a mí, la verdad. Yo me habría dejado llevar por el calor del momento. Pero Noemí había tenido la suficiente presencia de ánimo como para pensar en el riesgo. Se había levantado de la cama, había ido corriendo desnuda al dormitorio de sus padres y, tras rebuscar en los cajones, había encontrado un preservativo.

—Estaba caducado.

—¿Qué?

—El preservativo. Estaba caducado.

—No fastidies.

—Miré la fecha cuando te fuiste, al ir a tirarlo a la basura.

—¿Por qué no me lo habías dicho?

—Pensé que no pasaría nada.

Me dio un vuelco el estómago. Sentí que me hundía y que todo lo que me rodeaba se volvía líquido. Inasible.

—Puede ser un simple retraso, ¿no? —dije.

—Lo dudo.

—¿Y eso?

—Me he hecho una prueba: positivo.

—No me lo puedo creer.

—Tuve que ir a León a comprar el test —dijo, casi llorando—. Aquí en todas las farmacias conocen a mi padre.

La mujer rubia perdió la paciencia y golpeó la puerta de la cabina varias veces con los nudillos. En uno de los dedos llevaba una sortija que, al chocar contra el cristal, produjo una sucesión de descargas huecas. Le di la espalda y miré hacia la heladería Venezia. Tenía un toldo rojo con el nombre estampado en blanco a lo largo del faldón. En el escaparate había un sonriente gondolero de plástico de aproximadamente un metro de altura al que mis amigos y yo llamábamos Marcello porque, según Bruno, se parecía a Marcello Mastroiani. En una mano sostenía el remo de la góndola. En la otra, un gran cucurucho de helado.

—A lo mejor no te la hiciste bien.

—No soy tonta, Ariel. Seguí las instrucciones al dedillo.

—Podrías repetirla, solo para asegurarnos.

—Ni hablar.

—Yo te acompaño a León.

—Te digo que ni hablar. El resultado es muy claro.

Me pareció que los martillazos de la feria sonaban cada vez más fuertes. Apenas podía respirar, como si de pronto se hubiera espesado el aire. Me sudaban las manos. Tenía la boca seca. El corazón me retumbaba en el pecho.

—¿Qué vamos a hacer? —dije.

—No te entiendo. Tú me quieres, ¿no?

—Claro que te quiero, pero somos muy jóvenes.

—Muy jóvenes para qué.

—Ya sabes.

—No, no sé.

—Aún tenemos tantas cosas por hacer.

—Ah, ¿sí?

—Pues sí. Tenemos que formarnos. Viajar. Disfrutar de la vida. Lo que quiero decir es que no hay por qué seguir adelante si no queremos.

—Sé muy bien lo que quieres decir.

—Noemí, por favor.

La mujer rubia golpeó otra vez la puerta de la cabina. Las descargas huecas de la sortija se mezclaron con los martillazos de la feria y con el clamor de voces confusas que había estallado en mi mente.

—¿Y luego?

—Luego nada.

—Nada.

—Eso es.

—Como si tal cosa, vamos.

—No seas así.

—¿Así cómo?

—Intento ser razonable.

La mujer rubia llamó una tercera vez a la puerta. Entonces fui yo quien perdió la paciencia. «¡No ve que estoy hablando, señora!», le grité. Se quedó paralizada un instante, con las cejas levantadas y el puño detenido en el aire a pocos centímetros del cristal. Luego soltó un bufido y se alejó murmurando en una lengua extranjera. Las rodillas me temblaban tanto que, para no derrumbarme, tuve que sentarme en el suelo.

—¿Qué pasa? —dijo Noemí.

—Una guiri pesada que quería usar el teléfono.

No sé qué pensarás de mí cuando leas esto —nada bueno, supongo—, pero me pediste la verdad y aquí la tienes. No me quiero justificar. Lo hecho, hecho está. Solo espero que sepas entenderme. Ponte en mi piel un segundo. Yo aún era un niño. Es natural que estuviera abrumado por las circunstancias. Mi madre se moría. El cáncer la había ido desgastando hasta convertirla en un esqueleto doliente. Aunque seguía respirando, ya no habitaba el mismo mundo que nosotros. Ese era el motivo principal de mi angustia, pero había otros. Los resultados del reconocimiento médico no llegaban. En las últimas semanas había llamado varias veces al ministerio y al hospital militar Gómez Ulla, desde la misma cabina en la que me encontraba ahora. Tras largas esperas que habían diezmado mis propinas, nadie había sabido informarme. «A lo mejor tienen mal mis datos», sugería yo intranquilo y, aunque ya se la había facilitado antes de salir de Madrid, volvía a darles la dirección de Tabira. «Ya te avisarán, no te preocupes», me contestaban sin hacerme mucho caso. Así que la espada de Damocles de la mili seguía pendiendo sobre mi cabeza. En la selectividad había sacado un mediocre seis con ocho. Debido al *numerus clausus,* eso me impedía acceder a la carrera que, después de pensarlo mucho, había decidido estudiar: Medicina. Y por si todo eso fuera poco, ahora Noemí dejaba caer esa bomba. Hazte cargo, por favor. Yo solo tenía dieciocho años. El futuro de mis amigos estaba lleno de esperanza. En el mío no había más que orfandad, petates y pañales sucios.

Y otra cosa: yo no tenía ni idea de lo que estaba diciendo. No sabía con exactitud qué significaba «no seguir adelante». Ni si podía hacerse. Ni, de ser así, cómo. Estaba aterrorizado. Solo quería que ese nuevo motivo de angustia desapareciese. Quería cerrar los ojos y, al abrirlos otra vez, descubrir que esa conversación telefónica había sido un mal sueño.

—¿Entonces? —dijo Noemí con una voz muy pequeña.

—¿Entonces qué?

—¿Estamos juntos en esto?

—Haremos lo que tú quieras.

—Eso es que no.

Y colgó el teléfono.

No tuve fuerzas para levantarme. Me quedé en el suelo con las rodillas pegadas al pecho, escuchando la línea muerta. Miré hacia la plaza. En una terraza cercana la mujer rubia señalaba la cabina mientras hablaba excitadamente con otras dos mujeres. Eran rubias y grandes como ella y la observaban con los ojos muy abiertos, como si no dieran crédito a lo que les estaba contando. No sé cuánto tiempo pasé así, atento al silencio de la línea, pero debió de ser bastante porque el roce del auricular hizo que empezara a dolerme la oreja. Dejé el teléfono colgado del cable. Maquinalmente, me volví hacia la heladería Venezia y vi salir de ella a un hombre que de inmediato me resultó familiar. Era el peregrino que había visto el verano pasado en la cafetería Aqualung, el que entró cojeando mientras mis amigos y yo jugábamos al billar americano en el piso de arriba. Tenía mejor aspecto que entonces. Había perdido peso y ya no cojeaba. Y esta vez no estaba solo. Justo detrás de él salió un chico de mi edad, muy pálido, con una camiseta Amarras naranja. «El chico calvo de la foto», pensé, aunque ahora tenía el pelo ensortijado. Cada uno probó el helado del otro. Al alejarse juntos, el hombre extendió el brazo sobre los hombros del chico.

Traté de levantarme, pero a mitad de ascenso me fallaron las piernas y me desplomé. Acabé desparrancado en el suelo como un borracho, con la cabeza hundida y la espalda apoyada en curva contra el cristal. El teléfono oscilaba debido al desorden de la caída. Los martillazos de la feria llegaban hasta mí distorsionados, como golpes de tambor bajo el agua. Sentí frío en las sienes. Me faltaba el aire. Las manos me temblaban. Afuera, en la terraza, la mujer rubia se tapó la boca con la mano y echó a correr hacia la cabina. Lo último que recuerdo antes de desmayarme es a Marcello, inamoviblemente feliz, atravesándome con su sonrisa de plástico.

GONZALO

Ya casi no uso las gafas. Leo mejor sin ellas y, cuando salgo a la calle, me gusta que todo esté borroso. La indefinición de las cosas me produce un gran alivio. Tampoco uso el bastón que me prescribió el médico el año pasado cuando me caí en el portal. Prefiero caerme otra vez, fíjate, antes que ir por ahí como un vejestorio. Soy mayor, pero aún puedo andar sin ayuda.

Desde que me jubilé, mi vida es muy sencilla. Mi única preocupación es cómo llenar el tiempo, ese tiempo que antes siempre me faltaba y ahora me sobra por todos lados, como una camisa grande. Doy paseos por el barrio. Leo el periódico en el bar Finisterre. Lope, el dueño, se murió de un infarto en el noventa y siete, y desde entonces lleva el bar su hijo Chencho, que es manco. Es digno de ver cómo se maneja con una sola mano. Veo bastante la televisión. Para eso sí me pongo las gafas porque, si no, me cuesta seguir las películas. Los domingos cojo el metro y voy al Rastro. Antes coleccionaba despertadores antiguos. Ahora me ha dado por las radios. Tengo tantas que no sé dónde meterlas. Las compro por cuatro duros y, si puedo, las arreglo. Pero lo que más hago, a lo que más horas y energía dedico es a pensar. Últimamente, por ejemplo, no dejo de darle vueltas a lo que me dijiste durante tu visita. Que quieres saber la verdad. Me llama mucho la atención porque para mí la verdad no existe. Cada cual, creo yo, tiene la suya. Una verdad parcial, en minúscula, que rara vez coincide con la verdad de los demás. En ese sentido —y, me temo, en otros muchos— todos somos tremendamente egoístas. Supongo que a estas alturas, con la cantidad de testimonios que has recogido, ya te habrás dado cuenta de eso. Nuestra verdad no es otra cosa que lo que creemos haber vivido, el poso que queda de ello en nuestra memoria. Y ese poso, además de no ser fiable, nunca muestra el puzle completo.

Pero basta de filosofía, ¿no te parece? Vamos al grano.

Lo peor de aquellos meses fue tener que trabajar mientras Pilar se moría. No me quedó otra opción. A la vida le importa un bledo que tu mujer caiga enferma. Sigue adelante como si nada, imponiendo sus tasas y sus exigencias. Había facturas que pagar. Gastos que atender. Había que llenar la nevera. Yo por aquel entonces trabajaba en la asesoría jurídica de Galerías Preciados, tramitando las quejas y reclamaciones de los clientes. Estaba a gusto allí, pero reconozco que la enfermedad de Pilar hizo que echara de menos el departamento de Zapatería, donde había trabajado hasta el setenta y nueve. Soy un hombre introvertido, ya lo sabes. La tensión de la venta y el trato directo con el público me agobiaban mucho, pero al menos no me dejaban pensar en otras cosas. En la soledad de la oficina, sin embargo, cada minuto era un suplicio porque yo sentía que donde tenía que estar no era allí, escribiendo partes y rellenando formularios para mis superiores, sino en casa cuidando de mi esposa. Querer es poder, dicen algunos. ¿Se creerán de verdad esa milonga?

Pero no todo fue angustia en esos meses. También ocurrió una cosa buena. Debido a la enfermedad de Pilar, la familia volvió a unirse. Tesa dejó de odiarme. Echó a un lado la rabia por lo del test de inteligencia y, consciente de su nuevo papel en la casa, se volcó en cuidarnos a todos. Ariel llevaba una temporada revuelto. Lo habían citado para tallarlo y estaba muy nervioso porque no quería hacer la mili. Decía que eso de desfilar y pegar tiros no iba con él. Además tenía la selectividad en junio y la presión le estaba pasando factura. Aun así, cuando Pilar anunció que se moría, supo estar a la altura de las circunstancias. Como Tesa, se sobrepuso a su propia ansiedad por el bien de su madre. Por el bien de la familia. Creo que no exagero al decir que, casi de la noche a la mañana, la enfermedad de Pilar convirtió a mis hijos en adultos fiables.

Los tres arrimamos el hombro. Descuidamos el trabajo o las clases o lo que tuviéramos que hacer para ir con Pilar a la consulta del doctor Blázquez. Nos organizamos para hacerle compañía, para ayudarle a comer, para salir a pasear mientras tuvo fuerzas y se lo permitió la hinchazón de los pies, para animarla cuando se ponía triste, para atender lo mejor posible sus necesidades. Nos pusimos de acuerdo para cocinar, para hacer la compra y la limpieza, para evitar que el cáncer, que avanzaba a dentelladas por su cuerpo, se extendiera también por la casa. Te preguntarás qué sentido tiene que te cuente esto. Lo normal, estarás pensando, es que las familias unan fuerzas para plantarle cara a la desgracia. Y en teoría tienes razón. Pero es que a lo largo de los años he visto tantas cosas que al final he llegado a la conclusión de que lo normal es precisamente lo contrario. ¿Me creerías si te digo que una vez conocí a un tipo que nunca fue a ver a su abuelo agonizante porque no le gustaba cómo olía el hospital? Eso es una excepción, te estarás diciendo mientras lees, alguien con los instintos cambiados. Pues yo te digo que no, que por desgracia el mundo está lleno de gente así. Hablo de hermanos que no se vuelven a hablar tras la lectura de un testamento. De hijos que dan la espalda a sus padres cuando estos enferman o se hacen viejos. De hombres y mujeres que no acuden a una urgencia familiar porque tienen cita con el dentista o porque están en el gimnasio o porque el tren que han de coger les parece demasiado caro. Gente de la que no se puede depender, con la que es mejor no contar para nada. Por eso estoy tan orgulloso de cómo se portaron Ariel y Tesa con su madre.

Por eso, también, me extrañó un poco que Fuensanta se presentara en casa como lo hizo, de repente y con esa maleta enorme que decía a gritos que venía para quedarse, como si nos estuviéramos ahogando e hiciera falta que alguien nos sacara del agua. Entiéndeme bien. Yo le estoy muy agradecido por querer echar una mano. Todo apoyo es bien recibido en esas circunstancias. Lo hizo con la mejor intención, estoy seguro. Además no hay que olvidar que la que estaba enferma era su hija. Es normal que quisiera estar con ella. Aun así me pareció un poco desconsiderada la forma en que nada más llegar se hizo cargo de todo, como dando a entender que no éramos capaces de cuidar a Pilar sin su ayuda.

En junio Pilar nos pidió que la lleváramos a Tabira. A partir de ahí dejó de ser nuestra enferma para, por decirlo de alguna forma, convertirse en la enferma de todos. La enferma de la familia, de los amigos, del padre Colomo, del doctor Uribe, de las enfermeras. Ya me gustaría a mí que, el día que me ponga malo o no pueda valerme por mí mismo, me cuidaran así de bien. Pero no me hago ilusiones. Tal y como están las cosas, lo más probable es que cuando eso suceda, cuando me vuelva a caer y se acabe ese tiempo que ahora me sobra, no haya nadie dispuesto a estar a mi lado. O mucho cambia la situación, o no habrá manos que me acaricien la cara. Ni lágrimas. Ni dedos que, suavemente, me cierren los ojos.

BRUNO

No es que el Cuco y sus amigos necesitaran una excusa para hacernos la vida imposible, pero aun así se la dimos. Sin querer, pero se la dimos. Ocurrió el sábado siguiente al primer encontronazo, después de la fiesta que organizó Raúl en su casa para celebrar que ya estábamos todos. Sus padres, que pasaban fuera ese fin de semana, le habían dejado hacerla con dos condiciones: que se acabara como muy tarde a medianoche, para no molestar demasiado a los vecinos, y que lo dejáramos todo limpio y ordenado. La primera condición la cumplimos. O casi. A las doce y media salimos en tropel a la calle, intoxicados por los cubalibres y por la alegría de estar otra vez juntos. A las chicas les apetecía bailar, así que pusimos rumbo a Cosmos, una discoteca que había cerca del seminario. En cuanto a la segunda condición, casi mejor no hablar. Marieta quemó con un cigarrillo el reposabrazos de un sofá de cuero y mi hermano David tiró sin querer un jarrón que había en el aparador del cuarto de estar. Lo golpeó con el hombro cuando iba hacia el baño. Aunque intentó cogerlo en su caída, no pudo evitar que se hiciera añicos contra el suelo de tablas.

—Mis padres me van a matar —se lamentaba Raúl mientras barría los pedazos con una escoba y un recogedor.

No le puso mucha maña, todo hay que decirlo, porque luego al salir casi todos teníamos trozos de porcelana incrustados en las suelas de los zapatos. Nadie, que yo recuerde, limpió ni ordenó nada. Allí dejamos las botellas vacías, los muebles descolocados, los cercos de vasos, los ceniceros llenos de colillas, lo que quedaba de las tortillas de patata y los sándwiches que la madre de Raúl había dejado hechos antes de irse.

—Me van a matar —se seguía lamentando Raúl mientras recorríamos las calles oscuras entre bromas y risas.

Los demás le decíamos que no se preocupase, que le ayudaríamos a recoger por la mañana, antes de que sus padres volviesen. Hacía fresco —por la noche siempre hace fresco en Tabira—, pero nosotros no lo notábamos. Íbamos en manga corta, cantando a voz en grito nuestras canciones favoritas de Gabinete Caligari, Nacha Pop y Los Secretos. Entonces vimos el coche en el descampado de detrás del seminario. En realidad, fue mi hermano David quien lo vio. Se apartó unos metros del grupo y señaló una mancha roja que parecía temblar en la penumbra.

—¿No es ese el Ford Fiesta de Manu? —dijo.

Manu era el hermano mayor de Javi. Los chicos de la pandilla lo admirábamos mucho porque por aquel entonces era todo lo que aspirábamos a ser nosotros. Además de buen estudiante, era guapo, se le daban bien los deportes y, lo más importante en nuestra estimación, no había chica que se le resistiera. Cualquier otra noche nos habríamos limitado a intercambiar sonrisas cómplices y luego habríamos seguido andando hacia Cosmos, cuyo cartel de neón verde se vislumbraba ya calle abajo, entre los brillos menguantes de las farolas. Pero esa noche no. Esa noche, agitados por el alcohol de la fiesta, nos metimos en el descampado, salvamos medio a ciegas cincuenta metros de tierra dura y rodeamos el coche.

—¿Qué hacéis? —gritaron las chicas desde la acera, un poco confusas.

Después de dudar un momento, se unieron a nosotros.

A Javi tampoco le hizo mucha gracia que nos acercáramos. No paraba de decir que nos fuéramos, que no era buena idea. Imagino que tenía miedo de las represalias. De lo que su hermano, que tenía mal genio, pudiera hacerle si nos veía merodeando.

El coche tenía las ventanillas muy sucias y se movía de un lado a otro con un bamboleo rítmico que nos hizo reír de vergüenza. Dentro sonaba a todo volumen una de las canciones que habíamos bailado en la fiesta: «Money For Nothing», de los Dire Straits. Pero en la semioscuridad del descampado sonaba distinta. Menos ingenua.

—Vámonos —insistió Javi.

—Sí, por favor —suplicó Noemí agarrándose al brazo de Ariel.

Pero nadie, ni siquiera Ariel, se movió.

—¡Vamos a darle un susto! —propuso de pronto Borja.

No hizo falta que lo repitiera. Nos abalanzamos sobre el coche y, ante la mirada atónita de las chicas, empezamos a zarandearlo y a dar manotazos en las ventanillas. Lo sacudimos durante varios segundos, hasta que Javi, con la voz desgañitada, nos gritó que no era ese el coche.

—¿Cómo que no es este? —dijo Borja.

La música dejó de sonar. El descampado se quedó en silencio.

—La matrícula es distinta. Además, el coche de mi hermano no tiene cintas antiestáticas —dijo Javi en un susurro de pánico, apuntando con el dedo a las dos tiras de goma que colgaban del chasis, junto al tubo de escape.

Dimos todos un paso atrás, como si de pronto el coche quemara. Tras la mugre de la ventanilla del conductor apareció la palma abierta de una mano. A continuación, se abrió la puerta y vimos surgir en el hueco la cara enrojecida del Rata, mal iluminada por la luz interior del coche.

—¿Qué coño hacéis? —dijo, e hizo ademán de salir, pero al darse cuenta de que éramos muchos se quedó donde estaba, con una mano apoyada en la puerta, mirándonos con una mezcla de furia y recelo.

Tenía el pelo revuelto y la camisa abierta hasta el ombligo. Colgada del cuello llevaba una pequeña calavera plateada. Y no sé si esto se lo habrá inventado mi memoria, pero a mí me pareció que los ojos le brillaban en la penumbra. Como los ojos de un gato. En el asiento del copiloto había una chica en minifalda. Le veíamos los muslos desnudos, un poco aplastados por la presión del asiento. Pero desde nuestra posición resultaba imposible verle la cara.

No supimos qué decir. Nos miramos unos a otros alarmados, buscando en silencio una salida pacífica de aquel embrollo.

—Perdona —se atrevió a decir Javi—. Creímos que era el coche de mi hermano.

—Mis cojones —contestó el Rata.

—No, de verdad, tiene el mismo.

Entonces nos entró la risa. Por la tensión, supongo. Y por el alcohol. Pero también por la ventaja numérica, que nos permitió quitar hierro al incidente y ver su lado cómico. Hasta las chicas se rieron, y eso que les tenían pavor al Cuco y sus amigos.

—¡Tengo ganas de bailar! —gritó Marieta y, alzando los brazos en cruz, se puso a dar vueltas sobre sí misma en medio del descampado.

—La habéis cagado —dijo el Rata.

—Ha sido una confusión —dijo Borja mientras nos íbamos.

—Y una mierda. Esto no va a quedar así.

No le hicimos caso. Salimos del descampado y echamos a andar por la acera desierta hacia el cartel verde de Cosmos.

—Hace frío, ¿no? —dijo Sole abrazándose a sí misma.

Javi le dejó el jersey que llevaba atado a la cintura.

Mientras nos alejábamos, oímos a nuestra espalda el carraspeo del motor del Ford Fiesta y el crujido de los neumáticos surcando la tierra dura. Poco después el coche pasó muy despacio a nuestro lado. Puede que sea por eso, por la lentitud de su avance. O quizá sea porque de pronto la noche se quedó quieta. El caso es que lo que ocurrió a continuación lo recuerdo al ralentí, como si se hubiera grabado a cámara lenta en mi memoria. El Rata bajó la ventanilla, soltó un momento el volante y, apretando los labios, nos hizo un sonoro corte de mangas.

—Preparaos, pijos de mierda —dijo, agarrando el volante de nuevo.

A su lado, Tesa, la hermana de Ariel, se pintaba los labios en el espejo retrovisor. Llevaba el pelo suelto y uno de los tirantes de la camiseta caído. La vimos solo un instante. Luego el coche aceleró de golpe con un quejido de gomas y desapareció.

A partir de ahí, el ambiente se enrareció mucho. Antes de llegar a Cosmos, Ariel dijo que se iba a casa. Durante la fiesta había estado alegre. Todo lo alegre, entiéndeme, que puede estar alguien en su situación. Pero ver a su hermana en el coche del Rata le había trastocado el ánimo. Noemí se marchó con él. Los demás entramos en la discoteca un poco por inercia, frotándonos las manos de frío, conscientes de que el hechizo de la noche se había roto. Bailamos sin ganas un par de canciones. Luego nos sentamos en los pufs cilíndricos que había al borde de la pista. Los efectos del alcohol se habían disipado. Eso hacía que las amenazas del Rata resonaran en nuestras mentes con un eco que no habían tenido antes, en el descampado. ¿Cómo habíamos hecho semejante idiotez?, me pregunté mientras, en silencio, veía bailar a la gente. ¿Qué iba a pasar ahora? ¿Y cómo podía Tesa liarse con un macarra como ese? Nos fuimos a casa ateridos, con la sensación de que el mapa del verano había cambiado, de que sobre nuestras vacaciones, hasta entonces llenas de luz, había caído una sombra.

A la mañana siguiente cumplimos nuestra palabra y ayudamos a Raúl a recoger los restos de la fiesta. Eso no evitó que sus padres pusieran el grito en el cielo al ver que faltaba el jarrón y que el sofá del cuarto de estar tenía un reposabrazos quemado. Lo castigaron sin salir diez días. Por irresponsable, dijeron. Nadie podía saber entonces que ese castigo injusto —así al menos nos lo pareció a todos— iba a salvarlo de algunas de las cosas que nos ocurrieron luego.

TOÑÍN

[*No toques ahí, hijo. Espera, que te lo acerco un poco. Así. Cuando yo te diga, hablas... Ahora.*]

¿De Petra?

[*No toques, cariño. De lo que me hablaste aquel día.*]

Petra huele bien. A jabón y a rosquilla caliente. Petra es buena y huele de maravilla. Chis, chis. Me llama a la cocina. Chis, chis. Y yo voy corriendo y me da garbanzos fritos y me acaricia el pelo y me dice que coma despacio que si no me atraganto. Pero no tiene cortacésped. Eso no. Salvador sí. Salvador tiene una cortacésped amarilla. Hace mucho ruido. Más que un dinosaurio. Los dinosaurios hacen mucho ruido, me lo ha dicho papá. Y los camiones. Salvador va y viene con la cortacésped y deja la hierba de dos colores. Verde claro y verde oscuro. Va y viene, va y viene, va y viene, y a veces cuando no hay nadie se rasca ahí. Salvador es marrón. Petra es blanca y tiene pecas en la nariz y huele de maravilla y es buena. Salvador también es bueno. Y además tiene cortacésped. Y se tira a la piscina de cabeza y nada y nada sin cansarse y me saluda con la mano y me da una Fanta por la verja. O una bolsa de gusanitos. Los gusanitos son naranjas y se pegan a los dientes. Como los tofes. Los garbanzos fritos no. Y yo también me rasco ahí. A veces. Y un día un chico falló un gol y me dijo que me fuera a tomar por culo. Eso es una palabrota, ¿a que sí, mamá? A tomar por culo. Y que me fuera a husmear a otro sitio. Y que era un puto gafe. Esa es otra palabrota. Puto. Gafe es el que da mala suerte. Me lo dijo papá. Y me dio una patada en la pierna y unos chicos se rieron y otros no y uno dijo déjalo en paz que el pobre no te ha hecho nada. Una patada muy fuerte. Tengo la marca aquí. Y yo no soy pobre. Tengo unos guantes muy gordos con lana por dentro. Y unas katiuskas para pisar los charcos. Y...

[¿Y Gonzalo? ¿Recuerdas lo que me contaste de Gonzalo?]

Gonzalo es malo.

[¿Por qué?]

Tengo la marca aquí. Pilar también es buena y también tiene guantes, pero no tan gordos como los míos. Y no sé si tienen lana por dentro. Una vez la trajeron a casa en una ambulancia y un hombre vestido de blanco decía por favor, por favor, y Pilar decía hola muy bajo y tenía la cara amarilla. Salvador es marrón; Petra, blanca y Pilar, amarilla. La cortacésped de Salvador hace más ruido que un trueno. Los truenos parecen fuego. ¿A que sí? Hacen ruido y asustan y parecen fuego. Y al otro lado del fuego está Gonzalo. Gonzalo no se quema. Yo sí. Aquí tengo la marca. Y aquí. Y aquí. Gonzalo no tiene guantes ni pecas ni cortacésped. La ventana está abierta y me subo a ella de un salto. Al principio no veo nada porque dentro está oscuro. Luego sí. Luego Gonzalo está sentado en la cama sin camisa. Tiene muchos pelos negros. El cuello y los brazos son de distinto color que lo demás. Dos colores. Como la hierba de la piscina. La niña Tesa está de pie entre sus piernas y tiene el vestido arrebujado en la cintura y el pelo rojo y la piel blanca como la de Petra y llora y le rasca ahí. Entonces me ve. Él también me ve y se enfada y dice subnormal de mierda y se levanta de la cama y se sube la cremallera y coge la camisa y sale corriendo de la habitación. Esa es otra palabrota. Mierda. Tesa no habla. Se acurruca en la cama igual que yo cuando no me duermo y llora sin hacer ruido. Y me bajo de la ventana. Y Gonzalo sale a la calle abrochándose la camisa y me mira con los ojos muy grandes y yo corro, corro, corro, corro, corro por la muralla. Y no hay nubes. Y hace calor. Y sudo. Y no veo nada. Y oigo ruido. Un millón de camiones y cortacéspedes y truenos y dinosaurios juntos haciendo ruido y...

[Tranquilo, hijo.]

... y llego al jardín. Hay niños en los columpios. Mi favorito es el tobogán. Un día al tirarme se me enganchó el pantalón y me hice un siete. Así lo llama Petra. Un siete. Hay gente paseando. Y pandillas de chicos en los bancos y en la muralla. Yo me escondo en la rosaleda y me quedo muy quieto como cuando juego al escondite. Pero más tiempo. Mucho más. Y se hace de noche y nadie me encuentra. Y ya no hay nadie en el jardín y tengo frío y hambre y miedo y oigo que papá y tú me llamáis. Toñín. Toñín. Toñín. Y yo salgo. Y tú me abrazas y papá dice que sea la última vez que tenemos que salir a buscarte y...

[Ya está, mi vida. Lo has hecho muy bien.]

Gonzalo es malo y me asusta más que los truenos. A Tesa también. Tesa tiene el pelo rojo y llora en la cama sin hacer ruido.

[*Ahora tómate la merienda, anda.*]

¿Y lo del incendio?

[*Ya le contaré yo lo del incendio. ¿Quieres darle tú al* stop? *Aprieta aquí, en este botón. Muy bien, hi...*]

SALVADOR

Conocí a Pilar gracias a la lluvia, que la obligó a refugiarse en el café Moderno una mañana de enero de mil novecientos sesenta y uno. Fue verla entrar y enamorarme de ella sin remedio. Podría decirte que ahí acaba mi historia, que no tengo más que contarte porque desde entonces no ha vuelto a pasarme nada digno de mención. Pero no has contactado conmigo para oír solo eso, ¿verdad? Quieres saber más cosas. Es comprensible. Pues aquí van. Para mí son detalles secundarios, que conste. Lo principal ya está dicho.

Era sábado. Yo estaba con mi padre en una mesa del fondo, tomando un chocolate con churros antes de salir para Oviedo, donde iba a competir en un torneo de natación. Eran los buenos tiempos. Los tiempos en que mi padre creía que yo tenía un don, el de nadar deprisa, y que gracias a ello algún día iba a ser alguien. Se había puesto a llover de repente, con unos goterones macizos que chocaban ruidosamente contra la cristalera. Pilar empujó la puerta con premura, como si viniera persiguiéndola el viento. Colgó el abrigo mojado en el perchero y se sentó a tres mesas de nosotros, de espalda a la pared, bajo el gran espejo *art déco* que presidía el local. Mientras esperaba al camarero, se quitó de la cara un mechón de pelo húmedo y se lo enganchó con cuidado detrás de la oreja. Ese gesto sencillo me descolocó el corazón. Me olvidé del chocolate y me quedé embobado mirándola, llenándome de ella, preguntándome cómo era posible que, con lo pequeña que era Tabira, no la hubiera visto antes. Tenía la tez clara, las muñecas muy finas y unos ojos preciosos, lánguidos sin llegar a ser tristes, que parecían mirar más hacia dentro que hacia fuera.

—Acábate eso, anda, que nos vamos —dijo de pronto mi padre mirando el reloj y, al ver que el chaparrón persistía, añadió—: También es mala suerte, hombre.

Al salir busqué los ojos de Pilar con los míos, pero ella le estaba pidiendo un café con leche al camarero y ni siquiera me vio pasar. Mi padre tenía el taxi aparcado a dos manzanas del café. Por el camino, mientras las rachas de agua y aire me empapaban la ropa y mi padre maldecía el mal tiempo, tuve una revelación. Supe con cegadora certeza que quería a esa chica y que de ahí en adelante todos mis pasos, todas mis decisiones, todos mis deseos y actos iban a estar supeditados a ella, a ese gesto hecho sin pensar una mañana de lluvia. Vaya cuento romántico, estarás pensando. Eso solo pasa en las películas. Bueno, pues a mí me pasó. ¿Qué quieres que te diga?: uno no elige cómo se enamora.

Hablamos por primera vez en febrero, en una fiesta del casino. Tardé más de una hora en juntar el coraje para abordarla. Me acerqué a ella sudando de nervios y le pregunté en un susurro acobardado si quería bailar.

—Perdona, no te he oído —respondió.

Repetí la pregunta, esta vez más alto pero con la misma indecisión. Una amiga suya le cuchicheó algo al oído. Ella se rio y me dijo:

—Tú eres Salvador, ¿no? El chico que nada.

No bailamos porque, según me confesó, los zapatos la estaban matando, pero hablamos un buen rato ante las risitas de sus amigas. Sobre todo de natación. Fue ella la que sacó el tema. Lo digo porque a mí nunca me ha gustado hablar de mí mismo. De hecho, me está costando un triunfo escribir esto. No paraba de hacerme preguntas. Tenía curiosidad por saber a qué edad había aprendido a nadar, cómo aguantaba tanto tiempo en el agua, qué se sentía al ganar un trofeo, al saber que eres el mejor en algo. Mientras respondía, me di cuenta de que sí la había visto antes, tras el mostrador de la droguería Blanco. En más de una ocasión me había despachado ella el amoniaco y los paquetes de fregasuelos Brala que me mandaba a comprar mi madre cuando no tenía a mano a mi hermana, de quien se fiaba más. La había visto pero, inexplicablemente, no me había fijado en ella. Unos días después, animado por aquella primera conversación, le envié una docena de rosas a la droguería y empecé a cortejarla. Supongo que ya no se dice así, ¿no? Cortejar. A mí, la verdad, no se me ocurre otra palabra.

Fueron, sin el menor asomo de duda, los meses más felices de mi vida. No hacíamos gran cosa. Por aquel entonces aún no había llegado el turismo y Tabira era un pueblo dormido donde nunca pasaba nada. Íbamos al cine Tívoli. Dábamos paseos por la muralla. Bebíamos una Mirinda en el café Moderno —que, por cierto, ya no existe—. O nos sentábamos a charlar en los bancos del jardín del Moro. Todo muy candoroso. Muy pulcro. Nada que ver con los, en comparación, atrevidos noviazgos de ahora. Lo importante, sin embargo, no era lo que hacíamos, sino, aunque suene cursi decirlo, el amor que sentíamos el uno por el otro. Yo nunca volví a sentir nada parecido. Algo me dice que Pilar tampoco.

A finales de mayo empecé a construir nuestra casa. No se lo dije a Pilar para no agobiarla. Llevábamos poco tiempo juntos y no quería que pensase que estaba yendo demasiado rápido. Yo fui muy mal estudiante. Tanto que mi padre, descorazonado, me sacó de la escuela antes de acabar la primaria y me puso a trabajar en la ferretería de un amigo. Hay gente que presume de haber sido un cero a la izquierda en el colegio. Yo no. Al contrario. Ya me habría gustado a mí ser más aplicado y que me hubiera ido la mitad de bien en la vida que a algunos de mis compañeros de pupitre. Pero no me concentraba. La fuerza de voluntad que tenía para hacer largos en la piscina brillaba por su ausencia cuando me tocaba hincar los codos. Además, siempre lo dejaba todo para el último momento y luego en los exámenes no acertaba una. Vamos, un desastre. Lo que sí se me daba bien, aparte de nadar, era la albañilería. La había aprendido de mi padre, que fue capataz de obra hasta que se hartó de deslomarse y respirar polvo de yeso y compró la licencia del taxi.

Te he dicho que en mayo empecé a construir nuestra casa, pero no me expresé bien. Lo que hice fue empezar a reformar una caseta que mi padre había heredado de mi abuelo a la entrada de Tabira, junto a la cuesta del Portón, al borde de la explanada donde cada verano se instalaba el circo. En su origen había sido una cabreriza. Más tarde mi abuelo plantó un huerto en el pequeño terreno que la rodeaba y la usó para guardar los aperos. Parece que lo estoy viendo inclinado sobre las lechugas, diciéndome que no había mejor alimento que el que te daba tu propia tierra. Mi padre no siguió sus pasos. Dejó morir el huerto, malvendió los aperos y llenó la caseta con trastos inútiles y con el material de construcción que había acumulado durante sus años de capataz. Era una edificación muy tosca: cuatro muros de piedra rematados con un tejado a dos aguas a punto de venirse abajo. Mi plan era remodelarla por completo y convertirla en nuestro futuro hogar. El de Pilar y el mío. Hasta ese punto la quería. Hasta ese punto estaba loco por ella.

Mi padre me dio permiso porque le dije la verdad a medias. Le dije que era una pena tener la caseta así, muerta de risa, sin sacarle ningún provecho. No tenía sentido, le dije, desperdiciar todos esos ladrillos y sacos de cemento. Él me respondió que hiciera lo que quisiera siempre y cuando no interfiriese en la natación. Por aquella época yo andaba muy ocupado. Entrenaba varias horas al día con un antiguo campeón regional llamado Yago Solis. Había dejado la ferretería y llevaba ya un año trabajando en las piscinas municipales. Hablo en plural porque había dos: una cubierta y otra al aire libre. Oficialmente yo era socorrista —no sabes cuántas bromas he tenido que aguantar, sobre todo al principio, por llamarme como me llamo y dedicarme a salvar vidas—, pero también daba cursos de natación y de primeros auxilios y me encargaba del mantenimiento. Y luego estaban los torneos, que me obligaban a viajar muchos fines de semana. Aun así logré arañar ratos para ir saneando la caseta. Me deshice de todos los trastos menos de uno, un viejo metrónomo que todavía conservo porque en mis noches de insomnio me ayuda a confirmar que aún respiro. Arreglé el tejado. Limpié el terreno y tendí a su alrededor una valla de estacas. Y todo ello en secreto, sin que Pilar se enterase. En agosto calculé que, si seguía trabajando a ese ritmo, la casa podía estar lista en un par de años. No tenía previsto trabajar a escondidas todo ese tiempo. En algún momento hablaría con Pilar y le enseñaría la obra. Durante los entrenamientos, bajo el chapoteo hipnótico de las brazadas, imaginaba una y otra vez su reacción. La sorpresa con que lo inspeccionaría todo. La forma en que me abrazaría en medio del salón aún vacío. En cuanto la casa estuviera habitable, nos casaríamos y formaríamos una familia.

Pero, como bien sabes, eso no es lo que sucedió. Lo que sucedió es que Pilar se fue con Gonzalo. No lo vi venir, lo reconozco. Una tarde, mientras paseábamos por la muralla, Pilar me dijo muy seria que teníamos que hablar. Recuerdo que había nubes encarnadas en el horizonte y que el aire olía a alquitrán caliente, como si el mundo se estuviera quemando. Nos sentamos en un banco, protegidos de las miradas de los paseantes por un seto de arbustos. Sin preámbulos, en un tono terminante que excluía cualquier respuesta, me dijo que me dejaba porque había conocido a otro chico. Luego me besó en la mejilla, se levantó del banco dando un suspiro y se marchó.

Una vez más, podría decirte que ahí se acaba mi historia. ¿Qué sentido tiene contarte ahora mi derrumbe? ¿A quién pueden interesarle a estas alturas los meses que pasé deshecho? Mi vida se hizo añicos, eso es todo. En la piscina trabajaba a medio gas. El tiempo que antes dedicaba a reformar la caseta ahora lo pasaba encerrado en mi habitación, aplastado por la tristeza. No me apetecía entrenar. Dejé de ganar trofeos. Mi padre perdió la fe en mí, en mi don. Se dio cuenta de que jamás sería nadie. De que era igual que él. Murió de una peritonitis al poco de empezar el siguiente invierno, con la decepción grabada en la cara. Pero esa, la de mi padre, es otra historia.

Dice el refrán que no hay mal que cien años dure, y en mi caso así fue. Con el tiempo salí a flote, aunque de un modo distinto del que, seguramente, tú te estás imaginando. No pasé página. Quiero decir que lo que sentía por Pilar no cambió lo más mínimo después de que ella me abandonase. Seguí queriéndola con locura. De hecho, aún la quiero. Si para algo sirvieron la ruptura y los meses de desdicha, fue para confirmar la revelación que había tenido al verla en el café Moderno. Me convencí de que no duraría mucho con Gonzalo. Vaya por delante que yo a ese chico no lo conocía. A quien sí conocía era a Pepe Galindo, el amigo al que Gonzalo había venido a visitar en Tabira. Pepe era hijo del dueño de la funeraria. Habíamos ido juntos a la escuela, pero nunca habíamos congeniado. Era un chaval engreído, famoso en todo el curso por su carácter voluble y sus rabietas de niño mimado. Al acabar el bachillerato, su padre —el Pintamuertos, como todo el mundo lo llamaba— lo había mandado a estudiar a Madrid, algo que poca gente en Tabira podía permitirse en aquel tiempo. Al volver a casa en vacaciones, Pepe se paseaba por ahí vestido como un muñeco, con unos aires de príncipe que a mí me resultaban odiosos. Insisto en que no llegué a conocer a Gonzalo, pero al verlo por la calle con Pepe Galindo aquel verano, con la camisa remangada, los pantalones de pinzas y el jersey echado sobre los hombros, me dio la impresión de que eran tal para cual: dos chicos vanidosos e insustanciales, tan pagados de sí mismos que casi resultaban cómicos. Era imposible, me dije, que Pilar se tomara en serio a alguien así.

Otra cosa de la que me convencí durante mi convalecencia fue de que, tarde o temprano, Pilar volvería conmigo. Pero para que eso ocurriera, tenía que hacerme digno de ella. Entendí que me había dejado porque yo no estaba a su altura. ¿Qué chica que valga la pena querría como novio a un analfabeto como yo? ¿Qué mujer, pudiendo elegir, aceptaría compartir su vida con un perfecto don nadie? Empecé a asistir a clases nocturnas y a aprender todo lo que debería haber aprendido de niño. Me costó Dios y ayuda ponerme al día en matemáticas —siempre se me han resistido los números—, pero descubrí que todo es posible si se tiene una buena razón para hacerlo. Me dieron el Certificado de Escolaridad en el sesenta y tres, con veinticinco años cumplidos. El hábito del estudio hizo que me aficionara a la lectura. Cada lunes sacaba de la biblioteca municipal dos o tres libros que devoraba por las noches en la cama. Al principio leía de todo, con avidez y sin criterio. Luego mi interés se centró en Tabira, en la historia de sus ruinas. Con los años, he llegado a convertirme en un experto, hasta el punto de que el concejal de Cultura me ha pedido que escriba un libro. Imagínate. Yo, que fui un desastre en la escuela, escribiendo un libro.

También en la natación redoblé los esfuerzos. En los años que siguieron a la ruptura gané tantas copas y medallas que tuve que mandar hacer una vitrina especial para exponerlas en casa. No quiero aburrirte con mi currículum. Solo te diré que gané el campeonato de España dos veces —en el sesenta y cuatro y en el sesenta y seis— y que participé, aunque sin demasiada fortuna, en la Olimpiada de México. Salí en los periódicos, me entrevistaron en la radio y protagonicé un anuncio de Cola Cao en la televisión. Mientras lo grababa, no paraba de pensar en Pilar. En lo orgullosa que iba a estar de mí cuando lo viera. La imaginaba sentada con Gonzalo en el sofá, diciéndole con los ojos encendidos que me conocía, lamentando en silencio su decisión de aquel verano. También pensaba en mi padre, que se había ido antes de que mi don diera fruto. Hoy nadie se acuerda de mis éxitos, pero tengo los recortes, por si te interesa echarles un vistazo. Y no hace mucho me topé con el anuncio de Cola Cao en Internet. Lo he visto un millón de veces. No por vanidad, sino porque no acabo de creerme que ese chico exultante y yo seamos la misma persona.

En el sesenta y cinco mi hermana se casó y yo me quedé solo en casa con mi madre. Seguí reformando la caseta, por supuesto. Levanté tabiques. Puse un suelo de terrazo. Hice el baño y la cocina. Instalé la electricidad, el agua, los radiadores. Añadí dos cuartos en la parte trasera. Y poco a poco, dependiendo de mi cuenta corriente, fui comprando los muebles. Otra cosa que reformé, además de la caseta, fue mi vestuario. Empecé a usar chaquetas cruzadas y jerséis de cuello alto porque, según me parecía, me daban un aire más mundano que los trajes oscuros —los trajes de enterrador, como los llamaba mi madre— que había llevado hasta entonces.

Lo que no cambié fue de trabajo. En parte porque no encontré nada mejor en Tabira. Como te dije antes, aún no había llegado el turismo y los únicos puestos disponibles para alguien con tan poca preparación como yo eran de aprendiz en algún comercio, y yo ya era mayor para eso, o recogiendo lúpulo en los campos de la periferia. En parte, también, seguí sacando hojas del agua y enseñando a nadar a los niños porque me gustaba hacerlo y porque era cómodo trabajar en el mismo sitio donde entrenaba. Pero si me quedé en la piscina, para qué nos vamos a engañar, fue, sobre todo, para poder ver a Pilar durante el verano. Venía casi a diario. Al principio con las amigas. Luego, a medida que su familia fue aumentando, con Tesa y Ariel. El primer día siempre hablábamos un poco. Nos preguntábamos qué tal nos iba y los dos respondíamos —con demasiada rapidez, me parecía a mí— que muy bien. Nunca mencionó el anuncio, así que no sé si llegó a verlo o no, pero en una ocasión me dijo que me había oído en la radio y se había alegrado mucho. Otra vez me atreví a preguntarle por Gonzalo. Me explicó sin entusiasmo, y sin que yo se lo hubiera pedido, que no bajaba a la piscina porque no le gustaba el sol. El resto del verano nuestros intercambios se limitaban a los saludos básicos de cortesía, con alguna que otra excepción, como cuando a Tesa se le clavó una espina de cardo en el pie y Pilar me la trajo en brazos al botiquín para que se la quitara.

No espero que lo entiendas, pero ese trato ocasional me mantenía vivo. Para mí había sido un golpe muy duro constatar cómo mi primera convicción, que Pilar y Gonzalo iban a durar poco juntos, no se cumplía. Se habían casado por todo lo alto en la iglesia de San Dimas, a un tiro de piedra de la caseta. Se habían ido a vivir a Madrid. Y habían tenido dos hijos. Ver a Pilar en la piscina y hablar con ella, aunque solo fuera para decir «buenos días» o «vaya calor hace hoy», me permitía seguir presente en su vida. Era una presencia remota, lo sé, pero bastaba para alimentar en mí la esperanza de que algún día mi segunda convicción se cumpliría, de que antes o después Pilar volvería conmigo. Por la noche, al acabar de leer, en la soledad del insomnio, buscaba señales para avivar la ilusión. La neutralidad con que Pilar había explicado la ausencia de Gonzalo en la piscina. La mirada perdida con que solía meterse en el agua cuando creía que nadie la miraba. La forma en que se le había iluminado la cara al decirme que me había oído en la radio. La confianza con que me había traído a Tesa para que le sacase la espina. El tono nostálgico, o esa sensación me daba a mí, con que al irse cada día me decía «hasta mañana». Todo eso me daba fuerzas para, en cuanto apuntaba el alba, levantarme de la cama y seguir viviendo. O, mejor dicho, seguir fingiendo que vivía.

Así pasé veinticuatro años, pendiente de Pilar desde la distancia, desde el limbo de quienes no existen del todo. No soy ningún monje, por si te lo estabas preguntando. En ese tiempo mantuve relaciones discretas con varias mujeres de Tabira, pero fueron meras distracciones, una forma de engañar al tiempo mientras las piezas del futuro se iban poniendo en su sitio. Veinticuatro inviernos como un fantasma, olfateando noticias de Pilar en el ambiente, esperando verla por casualidad cuando venía a visitar a sus padres. Veinticuatro veranos deseando oír, de su boca o de la de cualquiera de las mujeres que aireaban chismes en el césped de la piscina, que se había separado de Gonzalo. Veinticuatro años acurrucado en la sombra, aguardando a que la vida, nuestra vida, comenzara de nuevo.

En julio del ochenta y cinco me enteré por Delfín, el camarero de la cafetería Aqualung, de que Pilar tenía un cáncer terminal de páncreas.

—La han traído a Tabira para que muera entre los suyos —dijo mientras me ponía un cortado humeante en la barra.

—¿Dónde está? ¿Donde sus padres? —pregunté con un hilo de voz.

—No, en el piso de la muralla.

De pronto se me nubló la vista y tuve que apoyar las manos en la barra para no caerme del taburete. Eran las diez de la mañana de un martes. Me acuerdo porque el martes es día de mercado en Tabira, y la cafetería, normalmente vacía a esas horas, estaba llena hasta los topes. Cuando me hube recuperado un poco, bebí el cortado de tres sorbos rápidos, que me abrasaron la lengua. Dejé unas monedas junto a la taza y bajé en estado de choque a la piscina. Para no desmoronarme, me esforcé por concentrarme en mis obligaciones. Limpié y puse en marcha los filtros. Comprobé el nivel de pH. Vertí el cloro. Quité con un recogedor las hojas y los bichos muertos que flotaban en la superficie. Tendí las corcheras para la clase de natación. Entre las once y las doce, enseñé a un grupo de niños a nadar a braza y a tirarse de cabeza. Luego me senté a pleno sol en una silla de plástico y me puse a vigilar a los bañistas. Había muy pocos, como siempre en día de mercado. Del rato que pasé viéndolos chapotear solo recuerdo los destellos blancos del agua y el sonido hueco de una pelota de tenis al ser golpeada una y otra vez en la cancha que había al otro lado de la verja.

Mi costumbre era almorzar en la piscina. Pedía algo en el bar o me traía una fiambrera de casa y comía en el pequeño despacho que tenía al lado del botiquín. Pero ese día no tenía hambre. Le dije a Míriam, la chica del vestuario, que iba a hacer unos recados y me fui sin comer a la caseta. Para entonces ya llevaba años terminada. Abrí la puerta de la valla. Crucé el huerto que había plantado en honor a mi abuelo. Metí la llave en la cerradura. Entré en la penumbra fresca del cuarto de estar y me senté muy despacio en el sofá capitoné que había comprado a plazos en una tienda de León. Sobre la mesa del tresillo había restos de ceniza. La luz verde del reproductor de vídeo estaba encendida. Dani, mi sobrino, había vuelto a traer a alguna chica, pensé, y eso que se lo tenía prohibido. O quizás había venido a emborracharse y ver películas con los amigos. Sus entradas no autorizadas en la casa eran para mí desde hacía tiempo una fuente de discusiones tanto con él como con mi hermana. Mi hermana usaba en defensa de su hijo los mismos argumentos que yo había usado en su día frente a mi padre. Que era una pena tener la casa muerta de risa, sin disfrutarla ni obtener ningún beneficio. Si yo no vivía en ella, me decía, ¿qué más me daba que le sacara partido el muchacho? Y, ya puestos, ¿por qué no alquilarla o venderla? Aunque yo la había arreglado, me recordaba, la casa no era mía. Nuestro padre nos la había dejado a los dos. Y tenía razón. Ella ignoraba, porque yo nunca se lo había dicho, que la casa era un templo reservado para Pilar, un santuario, y que me llevaban los demonios cada vez que Dani lo ensuciaba con sus juergas y sus ligues.

Cualquier otro día me habría puesto furioso. Habría ido corriendo a ver a mi hermana y habría puesto el grito en el cielo. Pero ese día no. Ese día me quedé muy quieto donde estaba, con las manos en las rodillas y la vista fija en los puntos de luz que moteaban la persiana bajada. El llanto llegó sin avisar. Me subió por el pecho como un reguero caliente y se me derramó sin control por las mejillas. Lloré a todo pulmón, sin pudor. Lloré porque Pilar se moría. Lloré por sus hijos, por sus padres. Y lloré también por mí. Por el vacío que me esperaba. Porque Pilar me dejaba solo con mi madre y mi afición a las ruinas. Porque mi destino se acababa mucho antes de que lo hiciera mi vida.

Y ya no tengo más que contar. Ahí, esta vez sí, se acaba mi historia.

ARIEL

Mi primer recuerdo es Pilar empujando el carro de bebé en el que me transporta. La veo un poco borrosa, deformada por la pequeña ventana de plástico transparente que nos separa y me protege del frío. Alrededor del cuello lleva puesto algo verde, supongo que una bufanda. Cada vez que le cuento esto a alguien, me dicen que no puede ser, que nadie tiene recuerdos de una edad tan temprana. Yo no discuto. Para qué.

Vuelvo a ver a Pilar un par de años más tarde. Está sentada a mi lado sobre una toalla a la orilla de un río. Hay más gente, pero no sé quiénes son. En el agua oscura, frente a nosotros, una mujer con un bañador rojo nada a crol contra la corriente. Bracea con tesón, pero no avanza.

Salto otra vez en el tiempo. Estoy en párvulos. En preescolar, como lo llaman hoy. Es la hora de comer. Llevo quince minutos a la puerta del colegio, esperando a que Pilar venga a recogerme. Al ver que no llega, la señorita Bibi me pone la mano en la espalda, se agacha y me dice que, si quiero, puedo esperar jugando en el patio. «Seguro que no tarda», dice para tranquilizarme. En el patio no hay nadie. Me subo al arco de hierro que hay en la zona de los columpios y mato el tiempo contando las ventanas del colegio. Treinta y ocho. Tengo hambre. Además estoy furioso con Pilar por retrasarse tanto. Pasa un rato. El vacío del patio se me mete en el cuerpo. ¿Y si no viene?, se me ocurre de pronto. ¿Y si no vuelvo a verla? El enfado se entremezcla con el miedo. Los ojos me arden. Una mano invisible me oprime la garganta. Entonces aparecen Pilar y la señorita Bibi. La señorita Bibi me señala. Pilar dice gracias y se acerca a mí sonriendo. ¿Por qué sonríe?, me pregunto. ¿Qué le hace tanta gracia? Bajo del arco, aprieto los puños y, mientras ella me besa en la frente, me pongo a llorar y la llamo tonta.

Suma y sigue. Tengo siete años. Pilar me ha llevado a hacerme un análisis de sangre a un laboratorio de la calle Larra. Junto a mí, en la sala de espera, hay sentado un niño algo más pequeño que yo. Le digo con orgullo que tengo fiebres reumáticas. Él me dice que es diabético. Cuando me llaman, me echo a temblar porque me dan pavor las agujas. El hombre que me va a pinchar me aconseja que no mire. Le huele el aliento a tabaco y tiene una mancha de tinta azul en el bolsillo de la bata blanca. «Ojos que no ven, corazón que no siente», dice Pilar con súbita tristeza. Al acabar, vamos a desayunar al café Comercial. Pilar pide un café con leche. Yo un tazón de chocolate y una tostada con mermelada de fresa, mi favorita. Mientras como, pregunto qué es un diabético. «No hables con la boca llena», dice Pilar, y me explica que es alguien que no puede tomar azúcar. Me invade una profunda lástima por el niño de la sala de espera, pero se me olvida enseguida. Doy un sorbo al chocolate y, de pronto, siento que me divido. Por un lado, quiero que ese momento, ese desayuno con Pilar en el Comercial, dure para siempre. Por otro, estoy deseando llegar a clase para quitarme el esparadrapo que me han puesto en el brazo y enseñarle a todo el mundo el algodón moteado de sangre.

Más recuerdos de Pilar. La veo bajo la luz insuficiente de la lámpara del cuarto de estar, cosiendo mi traje de campesino para la representación de *Fuenteovejuna* que vamos a hacer en el colegio. La veo repasando conmigo las capitales de África. Tomándome la temperatura con un termómetro de cristal. Enseñándome a patinar en el Retiro. Poniéndome una cuelga de caramelos y polvorones el día de mi santo. La veo en la consulta del doctor Trilla, nuestro médico de cabecera, a donde ha insistido en acompañarme porque Gonzalo se ha desentendido. Tengo quince años y me muero de vergüenza al tratar de explicar con ella delante por qué estoy allí. Balbuceo. Doy rodeos. No encuentro las palabras.

—No sé si te estoy entendiendo. ¿Quieres decir que no descapullas? —me interrumpe el doctor Trilla con una naturalidad que me deja mudo.

Tiene una verruga en el labio y una voz retumbante, demasiado grande para la consulta. Tras un instante de confusión, asiento con la cabeza.

—A ver, enséñamela —dice él y, levantándose de la silla, se me acerca rodeando la mesa.

—¿Aquí? —pregunto azorado.

—Hombre, si prefieres vamos al pasillo.

Miro horrorizado a Pilar. Ella carraspea y se vuelve hacia la puerta, dándonos la espalda al doctor Trilla y a mí. Me pongo en pie muy despacio, temeroso, como cuando en clase un profesor me pregunta algo que no sé.

—Vamos, hijo, que es para hoy —me apremia el doctor Trilla.

Me bajo la bragueta, aparto con el pulgar el elástico del calzoncillo y libero el pene rezando para que no me juegue una mala pasada. De un tiempo a esta parte parece tener vida propia. Se endurece cuando le viene en gana, sin ninguna razón aparente. El temor de que lo haga ahora, con Pilar al lado, mientras el doctor Trilla lo examina, me produce tal tensión que se me revuelve el estómago y por un momento temo echarme a vomitar. Pero por suerte no ocurre nada. El doctor Trilla se agacha para observar desde más cerca mi miembro flácido. Acerca la mano. Duda. La retira antes de llegar a tocarme.

—A ver ese glande —dice.

Me vuelvo hacia Pilar para asegurarme de que no mira. Entonces, con mucho cuidado, tiro de la piel hacia abajo con los dedos índice y pulgar. El prepucio se retira a medias y deja expuesta una porción de carne purpúrea.

—Un poco más —ordena el doctor Trilla.

Obedezco. Con algo de dificultad, el anillo de piel se da de sí y el glande asoma del todo.

—No tienes de qué preocuparte —sentencia el doctor Trilla.

Para reforzar su diagnóstico, posa una mano tranquilizadora en mi hombro.

—Intenta hacer pis así, ¿vale?, para que la piel se vaya dilatando.

—¿Y ya está? —pregunto al ver que no dice más.

—Ya está.

Aliviado, guardo el pene en el calzoncillo y me subo de un tirón la cremallera. Antes de irnos, Pilar pregunta al doctor Trilla si no va a recetarme nada.

—Lo que tiene su hijo no se cura con pastillas, sino practicando —responde él con sorna.

Salimos de la consulta en silencio. Recorremos un pasillo flanqueado de camillas y de pacientes que esperan su turno. Cogemos el ascensor. Sorteamos el barullo del vestíbulo. Una vez en la calle, sin volverse hacia mí, Pilar dice entre dientes:

—Mira que es bruto ese hombre.

La lista de recuerdos es interminable. Echo la vista atrás y, mire donde mire, Pilar siempre está ahí. Su presencia envuelve mi vida como un manto protector. Le da referencias y estructura. La llena de sentido.

Por desgracia, no puedo decir lo mismo de Gonzalo. Tengo recuerdos suyos, claro, pero cada vez son más tenues y siento que no guardan una relación directa conmigo. Lo recuerdo en el cuarto de estar, por ejemplo, recomponiendo sobre la mesa un despertador roto mientras los demás vemos la televisión. Lo recuerdo con Efrén, su único amigo, en el Museo de Cera, mirando con indiferencia la figura de Cristóbal Colón. (Por cierto: ¿Qué será de Efrén? ¿Has intentado contactarlo?) Lo recuerdo vagando por la casa como un fantasma tristón, yendo de una habitación a otra sin acabar de encontrar su sitio. Pero, sin duda, lo que más recuerdo de él es su ausencia. Su no estar ahí ni siquiera cuando, físicamente, estaba. Nunca he entendido por qué se casó. Por qué tuvo hijos. ¿Qué sentido tiene formar una familia para luego pasarte la vida ignorándola? Y fíjate bien en lo que te voy a decir ahora. Le puedo perdonar que fuera distante con Tesa y conmigo. Hay padres buenos y padres malos, y el nuestro, según he podido constatar con los años, no fue de los peores. Lo que no le perdonaré jamás es que le diera la espalda a Pilar cuando se puso enferma. Esa es una ausencia que, se mire como se mire, no tiene perdón de Dios. Prácticamente desapareció. Por más que lo intento, por más que rebusco en la memoria, no logro verlo echando una mano ni en Madrid ni en Tabira. No lo veo cambiando la cuña ni yendo a la farmacia a comprar medicinas ni hablando con las enfermeras ni llorando en silencio en un rincón —como hacíamos todos cuando nos fallaban las fuerzas— ni haciendo ninguna de las cosas que cualquier marido, decente o no, habría hecho en esa situación. ¿Dónde estaba? ¿A qué demonios se dedicaba mientras su mujer se moría? No sabes cuánto llegué a odiarlo. En mis noches de insomnio de aquel verano lo aborrecí y, al mismo tiempo, temí que yo pudiera ser como él. Soy consciente de su sacrificio. Sé que, para poder sacar adelante a la familia, tuvo que trabajar como un mulo durante décadas. Nos dio comida, ropa y techo. Nos pagó los médicos, el colegio y los regalos de Reyes. Pero eso no puede compensar el hecho, para mí irrefutable, de que no nos quería. Por eso su recuerdo se me está difuminando y el de Pilar no. Morir es que te olviden, ya lo sabes. Y yo estoy olvidando a mi padre. Espero de todo corazón que a ti no te pase lo mismo.

EL CUCO

¿Que por qué no soportábamos a esos chavales? Pues por muchos motivos. Para empezar, porque eran unos pijos de mierda y no tenían que currar en vacaciones. Ya lo decía mi abuelo: no hay nada más clasista que el verano. Se pasaban el día de risas mientras nosotros nos dejábamos la piel trabajando con nuestros padres. Yo sacrificaba reses. El Rata era mecánico de coches. Dani despachaba pan de lunes a viernes y ayudaba a su tío Salvador en la piscina los fines de semana. Y así todos.

Otra cosa que nos jodía mucho era su desparpajo, la desenvoltura con que ocupaban cada tarde los bares de Tabira e iban de un lado para otro con sus Levi's etiqueta roja, sus niquis Lacoste y sus motitos de niño bien. Solo venían en verano y nos tocaba los cojones que se comportasen como si el pueblo fuera suyo. Siempre que los veíamos, parecían estar pasándolo de puta madre, riéndose, haciendo deporte, jugando al billar en la planta de arriba de la cafetería Aqualung, como si su vida fuera una fiesta continua a la que nosotros, los curritos sin futuro, no estábamos ni estaríamos nunca invitados. Ni yo ni ninguno de mis amigos habríamos reconocido entonces que les teníamos envidia. Ahora no me importa reconocer que empezamos a darles por saco porque, en el fondo, envidiábamos su despreocupación. Sentíamos que eran más felices que nosotros. Y, sobre todo, más libres.

Igual que te digo esto, te digo también que no creo que la cosa hubiera ido a mayores de no ser por la movida del coche. Sin venir a cuento, una noche a los pijos les dio por zarandear el Ford Fiesta nuevo del Rata mientras él estaba dentro dándose el lote con Tesa. Tesa era una pija rebelde. Llevaba jerséis de Don Algodón y usaba Eau Jeune, como todas las pijas de entonces, pero le gustaba jugar con los chicos malos, tú ya me entiendes. El Rata no era el único de nuestro grupo que se lo hacía con ella. Dani se la había llevado varias veces a una casa que tenía su tío en la antigua explanada del circo. También yo había disfrutado de sus encantos, que eran muchos, en mi Cuatro Latas y en la chopera de la Culebra, y eso que por aquel entonces ya salía con Elo, la madre de mis hijos. No sé qué te habrán dicho los demás porque entre nosotros nunca llegamos a hablar de ello, pero para mí estar con Tesa era siempre una experiencia rara. Me ponía mucho su pelo rojo. Su piel brillante. Su olor a colonia buena. La forma en que se le rompía la voz cuando la tocaba. Pero había en nuestros encuentros una especie de desesperación que hacía que el placer se me atragantase. Me daba cuenta de que enrollarme con ella era en realidad una forma de joder a los pijos. De manchar su mundo perfecto, no sé si me explico. Y estaba claro que ella estaba haciendo algo parecido conmigo. O sea, que me estaba utilizando para saldar cuentas con alguien. Quién sabe, puede que consigo misma.

El caso es que el Rata abrió la puerta hecho una furia, dispuesto a partirle la jeta al gracioso que se había atrevido a zarandearle el coche nuevo y estropearle el lote con Tesa. Se controló al ver que eran muchos. Los pijos se disculparon y trataron de convencerle de que se habían equivocado de coche, pero eso no se lo creían ni ellos porque el Ford Fiesta del Rata, pese a lo sucio que estaba ya —esa tarde, para divertirse, había llevado a Tesa de *rally* por los senderos del monte— era inconfundible. Le había puesto cintas antiestáticas y unas llantas cromadas que se veían de lejos. Además había pegado en la luna trasera una pegatina de Iron Maiden. Vamos, como para no distinguirlo. Cuando nos lo contó al día siguiente, mientras bebíamos cachis de calimocho en el bar de la Chata, nos cabreamos todos muchísimo. ¿Qué se habían creído esos mocosos? Ni de coña íbamos a permitir que nos tomaran el pelo unos hijos de papá. Hasta entonces nuestras provocaciones habían sido casi amistosas. Los asustábamos un poco al cruzarnos con ellos por la calle. O los insultábamos y les hacíamos cortes de mangas cuando los veíamos pasar con las motos. Nada comparado con lo que podíamos hacerles. Sobre todo el Rata, que les tenía ganas desde hacía tiempo. A partir de lo del coche, empezamos a joderlos en serio.

La veda se abrió unos días más tarde, cuando el Rata echó azúcar en el depósito de la Derbi Variant de uno de los gemelos. Poco después, una mañana de domingo, Dani les quitó a todos las playeras que habían dejado en el vestuario de la piscina. Tuvieron que subir a casa descalzos, buscando la sombra para no quemarse los pies con el asfalto caliente. A finales de julio hicimos daño a uno de ellos. Borja, creo que se llamaba. Estaba haciendo *footing* en el jardín del Moro mientras nosotros fumábamos porros en un banco que había al lado de la fuente. Corría haciendo un circuito. Avanzaba un trecho en paralelo al pretil de la muralla, torcía a la izquierda en el último cubo y volvía por la rosaleda, a lo largo del muro del convento de las Esclavas. Luego torcía otra vez a la izquierda, pasaba junto al cobertizo de piedra del jardinero y, al llegar al templete de música, empezaba de nuevo.

—¡Corre, que no llegas, nenaza! —le gritábamos—. ¡Menea ese culito!

Él hacía como que no nos oía. Trotaba ligero, con la cara roja y la camiseta sudada. Al cabo de un rato se paró bajo el templete y empezó a hacer estiramientos. Estaba a punto de ponerse el sol. Los gorriones alborotaban en los árboles. En el poyo del pretil charlaba un grupo de viejos. Ignorando nuestras burlas, Borja apoyó una mano en la base de cemento del templete y, con la otra, se llevó la suela de la zapatilla hacia el culo. Después de unos segundos, cambió de pie. Luego apoyó el talón en el respaldo de un banco y estiró la pierna todo lo que pudo. Lo hacía todo con una seriedad que, a nosotros, que jamás habíamos hecho deporte —bastante teníamos con trabajar—, nos parecía ridícula.

—¡Cuidado, no te vayas a romper, guapa! —le decíamos riéndonos, atolondrados por el hachís.

Cuando acabó, miró hacia la fuente con las manos apoyadas en la cadera. Dudó. Se volvió un momento hacia el trozo de sol que aún flotaba sobre el horizonte y suspiró. De pronto echó a andar muy decidido, pasó sin decir nada por delante de nosotros y se inclinó sobre el chorro de agua. Lo que pasó a continuación fue visto y no visto. Miguelón se levantó de un salto del banco, se acercó a Borja por la espalda y le dio un manotazo en la nuca mientras bebía. El chasquido que se oyó fue tan fuerte que los viejos se sobresaltaron. Pararon de hablar y se volvieron para ver de dónde había venido el ruido. Borja se irguió, reculó varios pasos con las manos en la boca y, gritando de dolor, cayó de rodillas en la arena.

—¡Hijos de puta! —dijo.

Entonces pudimos ver la avería que Miguelón le había hecho. El pitorro de la fuente le había reventado el labio y un incisivo. La sangre le manchaba los dientes y la camiseta.

Pero la que peor parada salió de aquella guerra fue Tesa. Ella fue, sin duda, la que pagó los platos rotos. La verdad es que no sé por qué te estoy contando esto. Cuando me llamaste, te dije que no iba a escribir nada porque no me parecía buena idea revolver la mierda del pasado. No soy un santo. A lo largo de mi vida he hecho muchas cosas de las que ahora me arrepiento. Por ejemplo, engañar a Elo. Alguien le debió de ir con el cuento de que se la estaba dando con Tesa y estuvo a punto de dejarme. Me pasé dos semanas suplicándole que no lo hiciera, jurándole por mi puta vida que aquello no iba a volver a pasar y que esa pija no significaba nada para mí. Le compré unos pendientes de plata que me costaron medio sueldo. La llevé a cenar a un restaurante caro de León. Fui con ella al Tívoli a ver *Pasaje a la India* aunque a mí solo me gustaban las pelis de tiros. Y al final no me dejó. Y a mí, como era gilipollas, me faltó tiempo para volver a engañarla. Seguí viendo a otras tías mientras éramos novios y también luego, cuando nos casamos y tuvimos hijos. Si la infidelidad hubiera sido mi único defecto, yo creo que Elo habría aprendido a perdonarme. No por mí, que no merecía perdón alguno, sino por los niños. Pero es que, además de ponerle los cuernos, yo tenía otras malas costumbres. Salía mucho por la noche. Jugaba. Bebía. Me metía coca. Y, lo que es peor, alguna vez se me escapó la mano mientras Elo y yo discutíamos. Así que pasó lo que tenía que pasar. Lo raro es que no pasara antes. Una tarde al volver del trabajo, hoy hace exactamente cinco años, me encontré una nota en la mesa de la cocina en la que Elo me decía se acabó, nos vamos a casa de mis padres, quédate con tu mierda y tus putitas. Desde entonces solo vivo para recuperar a mi familia. No quiero esta soledad. No quiero ver a mis hijos una vez cada quince días. Ahora soy otra persona. He roto con el pasado, con el imbécil que fui. Me ha costado, pero por fin he quemado esas naves. Y de pronto apareces tú de la nada y me pides que vuelva a subirme a ellas. ¿Para ir a dónde, si puede saberse? A ningún sitio que merezca la pena, ya te lo digo yo. ¿Y entonces por qué te escribo, cuando te dije que no iba a hacerlo? Pues por Tesa. Porque lo que le hicimos no tiene nombre y, que yo sepa, nadie se disculpó nunca por ello. Tú me pides un favor y yo te pido otro a ti: que, si tienes ocasión, le digas de mi parte que lo siento en el alma.

Esto es lo que pasó. Estábamos viendo el fútbol en la casa del tío de Dani, la de la explanada del circo. Nos molaba pasar tiempo allí. En el salón había una tele Grundig de cuarenta pulgadas y un vídeo en el que, si no estaban las chicas, poníamos pelis porno. Si estaban, organizábamos turnos para usar los dos dormitorios: no todos los días podíamos follar en mullido. En uno de ellos, el que queríamos usar todos siempre, la cama era de matrimonio. En el otro había dos literas de noventa con unas colchas de nubes y angelitos que te cortaban un poco el rollo. Entrábamos sin que nos viera nadie con unas llaves que se había agenciado Dani. No te he dicho que su tío no vivía en esa casa. Llevaba mil años arreglándola, pero, que yo recuerde, estaba soltero y seguía viviendo con su madre —o sea, con la abuela de Dani— en un piso de la calle Nazaret. Antes de irnos, teníamos que limpiar bien nuestras huellas. Si él se daba cuenta de que habíamos estado allí, cosa que ocurrió más de una vez, se ponía como una furia y le echaba a Dani unas broncas de cojones.

A lo que iba. Esa noche habían venido las chicas, pero a mitad de la primera parte dijeron que se aburrían, como siempre que había fútbol, y se fueron a esperarnos al bar de la Chata. Durante el descanso llegó Tesa. Le había parecido ver luz en la casa, y eso que, como siempre, teníamos las persianas bajadas para que no nos pillara el tío de Dani, y se había acercado a ver qué hacíamos. Nos alegramos de que las chicas se hubieran marchado porque Tesa no les caía bien. Elo la odiaba, como te puedes imaginar, y las demás desconfiaban de ella. No entendían por qué se nos pegaba todo el rato. ¿Es que la niña no tiene amiguitos pijos?, protestaban. Yo creo también que les jodía lo guapa que era y se sentían celosas al ver que nosotros le hacíamos caso. Dani y el Rata le hicieron hueco entre ellos en el sofá. Junto al Rata estaba sentado un primo pequeño suyo. Jacobo se llamaba, pero todo el mundo le llamaba Bruce porque estaba obsesionado con Bruce Springsteen. Tenía quince años y su sueño era ir a Asbury Park. También le molaba el fútbol. Por eso lo había traído el Rata, para que flipara viendo el partido en una pantalla tan grande. En uno de los sillones estaba apoltronado Miguelón. Era con diferencia el más corpulento del grupo y el que más mala hostia tenía, aunque luego la fama se la llevara el Rata. Era también el único que no trabajaba. En enero su propio padre lo había echado por vago de la imprenta familiar, y desde entonces no hacía nada. Nada productivo, quiero decir. Se pasaba el día tocándose los cojones, fumando porros y trincando tercios de Mahou como si no hubiera un mañana. En el otro sillón estaba yo. Por aquel entonces era muy futbolero. Leía el *Marca* a diario y me sabía de memoria todas las alineaciones de la primera división. Cuando había partido en la tele, para mí el mundo se paraba. Sobre todo si, como aquella noche, jugaba mi equipo. El Real Madrid. Era solo un amistoso de verano contra un equipo griego que nadie conocía, pero a mí me daba igual. Durante los primeros cuarenta y cinco minutos había seguido cada pase, cada regate, cada ocasión de gol como si estuviera en el campo con los jugadores. Fíjate lo ensimismado que estaba, que casi no sentí marcharse a las chicas. Elo me gritó adiós y creo recordar que yo me despedí con la mano sin apartar la vista de la pantalla. Hasta que llegó el descanso, no me di cuenta del alboroto que había en la calle. Estábamos en fiestas y había función de circo en la explanada. Se oían los redobles de tambor. Al jefe de pista presentando las actuaciones. Los aplausos y los ¡oh! del público. Una mujer cantaba «La Zarzamora» en uno de los carromatos que había aparcados a pocos metros de la casa. No se sabía la letra completa y rellenaba los huecos tarareando. En otro, un hombre y una mujer discutían.

—¿Cómo van? —dijo Tesa, acomodándose en el sofá.

Se había recogido el pelo en una coleta que le dejaba al aire el cuello y los hombros. La minifalda vaquera se le subió tanto al sentarse que, desde donde yo estaba, se le veía la cara interior de los muslos y un trocito de las bragas. Estoy seguro de que Miguelón tenía la misma vista que yo porque se quedó alelado mirándola, con los ojos vidriosos y los labios húmedos por la cerveza.

—Empate a cero —dije.

—Pues vaya rollo, ¿no? —dijo Tesa, estirándose la minifalda.

Dani le pasó el porro que estaba fumando, pero ella lo rechazó. Aceptó en cambio la botella de Mahou que le abrió el Rata. Vimos varios anuncios sin hablar, con el ruido de fondo del circo. Debió de pasar algo muy interesante, porque de pronto estalló una tormenta de aplausos que, por un momento, tapó el sonido de la tele. La mujer del carromato ya no cantaba. La pareja seguía discutiendo.

—Bueno, qué, cántate algo, ¿no? —le dijo el Rata a su primo para matar el silencio.

Bruce no entendía el inglés, pero se había aprendido de memoria todas las canciones de Springsteen. Tenía las letras apuntadas en un cuaderno, copiadas de las cintas y los discos en los que se gastaba buena parte de sus propinas desde que tenía diez años. En verano se las enseñaba a los turistas en las terrazas de la plaza del Foro y, si hablaban español, les pedía que se las tradujeran.

—No me apetece —dijo.

Físicamente no se parecía en nada al Rata. Era moreno y alto, con unos ojos de chucho triste que inspiraban simpatía. Elo decía que era muy guapo y que de mayor iba a ser un rompecorazones. Yo de esas cosas no entiendo. Llevaba puesta una camiseta negra con un estampado blanco de Springsteen en concierto, con un puño en el aire y la Fender Esquire colgada del hombro. Debajo ponía «NO SURRENDER», el título de una de sus canciones. Un peregrino irlandés le había dicho a Bruce que eso significaba algo así como «No hay rendición». El chaval estaba escurrido en el sofá, con las piernas estiradas y un tobillo encima del otro, con una apatía que se daba de tortas con el entusiasmo que había mostrado en la primera mitad del partido. En eso sí se parecía a su primo. En los cambios de ánimo.

—Vamos, hombre, solo una canción, para que te oigan mis amigos —insistió el Rata, rodeándole los hombros con el brazo y agitándolo un poco.

—Déjame, que va a empezar el partido —protestó Bruce.

Al Rata le jodía mucho que le llevaran la contraria. Se levantó de un salto del sofá, agarró a su primo del brazo y tiró de él hasta ponerlo en pie.

—O cantas o te meto una hostia.

Lo dijo medio en broma y medio en serio, con una mueca en la cara y el brazo listo para soltar un puñetazo. Ante la duda, Bruce obedeció.

—Qué pesado —dijo entre dientes.

Se aclaró la garganta y empezó a cantar «The River». El único que no se sorprendió fue el Rata, que ya le había oído cantar otras veces. Los demás nos quedamos flipados. No sé cómo explicarlo porque lo único que he escuchado en mi vida es *heavy metal* y entiendo muy poco de música, pero se notaba a la legua que el chaval tenía buena voz. Al cantar cerraba los ojos con fuerza, sobre todo en el estribillo. Tensaba el cuello, se retorcía, apretaba los puños. No sé a los demás, pero a mí se me puso la carne de gallina, y eso que no había letra, solo sonidos. Y vas a creer que me lo estoy inventando porque es mucha casualidad, pero en cuanto acabó, se oyó en el circo otra salva de aplausos. Te lo juro por Dios que fue así. Bruce se giró hacia la persiana bajada e hizo una reverencia. Luego, volviendo a la apatía, se dejó caer en su hueco del sofá.

—Qué maravilla —dijo Tesa.

—Pues ahí donde lo ves, el chaval todavía es virgen. A que sí, Bruce —dijo el Rata, y le revolvió el pelo a su primo.

—Déjame en paz —dijo Bruce, poniéndose rojo.

—Mucho cantar y poco meter.

—Vete a la mierda.

Los jugadores saltaron al campo y empezó la segunda parte. Durante varios minutos seguimos en silencio sus carreras por el césped. En el tercer o cuarto ataque del Real Madrid, Camacho regateó a un defensa, se coló por la banda izquierda, llevó el balón hasta la línea de fondo y, justo antes de que se saliese, envió un pase bombeado hacia el área pequeña. Butragueño se lanzó en plancha para rematar de cabeza, pero llegó forzado y el tiro se le fue muy por encima del larguero. En el estadio resonó un ¡oh! decepcionado.

—Pues que se estrene con Tesa —dijo de pronto Miguelón.

Tenía un porro casi acabado en la mano y miraba la pantalla a través de una nube de humo.

—¿Qué? —dijo Dani.

Miguelón aplastó lo que quedaba del porro en el cenicero de la mesilla. Mientras el Real Madrid se replegaba, se volvió con los ojos turbios hacia el sofá.

—El chaval, digo. Que se lo tire Tesa y ya está.

—Tíratelo tú, no te jode... —se defendió Tesa.

—A mí no me gustan los tíos.

—No tiene gracia, Miguelón.

—Estoy hablando en serio.

—Tú lo que estás es puesto.

Nos quedamos de nuevo en silencio. Un silencio tenso esta vez, que no tenía nada que ver con lo que los jugadores hacían en el campo.

—Vamos, Tesa. ¿Qué te cuesta? —insistió Miguelón.

—Vale ya.

—A mí me parece una idea cojonuda —intervino el Rata—. ¿Tú qué dices, Bruce?

—Que me dejéis en paz de una vez.

—¿Qué pasa? ¿No te gusta Tesa?

—Y dale.

—Pues está bien buena. A ver si vas a ser maricón...

Dani se metió la mano en el bolsillo del vaquero y sacó un preservativo. Lo dejó sobre la mesa del tresillo, entre las botellas de Mahou vacías.

—A este invito yo —dijo.

—Tómatelo como una labor social —le dije a Tesa, aliándome con mis amigos.

—Una obra de caridad, más bien —dijo el Rata.

Todos, menos Tesa y Bruce, nos reímos.

—Estáis de coña, ¿no? —dijo Tesa.

Nadie contestó.

—Me voy a casa.

—Tú no te vas a ningún sitio —dijo el Rata, agarrándola del brazo.

Es extraño cómo funciona la conciencia. Al menos la mía. En los años que siguieron, rara vez me paré a pensar en lo que pasó esa noche, y cuando lo hice fue sin remordimiento, sin la sensación de haber hecho algo malo. Era una trastada más. Otra gracia que añadir a la lista. No me di cuenta del daño que le habíamos hecho a Tesa hasta que Elo me dejó y me vi obligado a replantearme las cosas. La conciencia se me despertó de golpe. Descubrí que había estado ciego sin saberlo, que es sin duda la peor clase de ceguera. Entendí que hasta ese momento había vivido de perfil, insensible al dolor ajeno, ignorante de las consecuencias de mis actos en la vida de los demás. Sentí de pronto el miedo, la humillación y la rabia que debió de sentir Tesa. Sentí como si fuera mío el sufrimiento que le causé a Elo con mi cinismo y mis engaños. Sentí el desamparo de mis hijos y la tristeza de mi padre, a quien siempre odié por no poder darme más que un mandil de plástico y un cuchillo de matar reses. Sentí que, como un bumerán justiciero, volvía a mí todo el dolor que había causado durante tantos años de insensatez, y que no tenía forma de aliviarlo. La conciencia llegó tarde, pero se cobró intereses.

¿Por qué hicimos lo que hicimos? No te imaginas las veces que me he hecho esa pregunta, no para justificar nada —no hay justificación posible para una cosa así—, sino para entender quiénes éramos entonces y qué teníamos en las entrañas. La presión de grupo jugó un papel importante. Alguien propone algo y, por muy descabellado que sea, nadie se atreve a echarse atrás una vez que la rueda se ha puesto en marcha. El grupo crea inercias imparables. Si has tenido alguna vez pandilla, sabrás de qué estoy hablando. Y no hay que olvidar que, aunque iba mucho con nosotros, Tesa era tan pija como su hermano Ariel. En cuanto Miguelón se levantó del sillón, todos entendimos sin necesidad de decirnos nada que aquello no iba contra ella, sino contra lo que ella representaba, contra esos hijos de papá a los que llevábamos semanas dando por saco. Esas eran las razones que compartíamos todos, pero luego cada cual tenía las suyas. Yo creo que Miguelón odiaba a Tesa porque, por más que lo intentó, ella nunca quiso enrollarse con él. Atacarla esa noche fue su forma de soltar el despecho. La razón del Rata era más simple: disfrutaba con la violencia y nunca desaprovechaba una ocasión para hacer daño. A mí lo que me pasaba era que, en el fondo, me gustaba Tesa más que Elo. Sabía que estaba fuera de mi alcance —¿qué se le había perdido a ella con un matarife de pueblo?— y eso me jodía por dentro y me hacía odiarla más aún que a su hermano. El que me sigue despistando es Dani porque él sí tenía posibilidades con Tesa. Posibilidades de verdad. Se notaba en la forma en que ella lo miraba. Esto es como lo de la presión de grupo. Si alguna vez has visto a una tía mirar así, sabrás perfectamente de qué estoy hablando. Pero Dani no dudó un instante en unirse al atropello.

Lo que pasó a continuación lo recuerdo desenfocado, como si lo viera a través de una gasa. Dani y el Rata levantaron a Tesa del sofá y la llevaron a rastras, cada uno por un brazo, al dormitorio de la cama grande. Tesa se revolvía, gritaba, pataleaba, trataba de soltarse. A mitad de camino se le salió un zapato. Un náutico azul claro. Chocó contra la pared, dio varios tumbos en el suelo y quedó volcado junto a la pata del sofá, como un coche después de un accidente. Bruce miró a su alrededor sorprendido. Se puso en pie, yo creo que con la intención de echar a correr hacia la salida, pero Miguelón se lo impidió.

—A desvirgarse toca, cachorro —le dijo y, agarrándolo de la camiseta, tiró de él hacia el dormitorio.

Durante unos segundos me quedé solo en el salón, dudando entre unirme a los demás o seguir viendo el fútbol. Eso te da una idea de quién era yo por aquel entonces. De pronto había mucho ruido. Un ruido ensordecedor, que hacía que todo lo que me rodeaba temblase un poco. El locutor describía a gritos las acciones de los jugadores. Retumbaban los redobles de tambor y los aplausos del circo. La pareja del carromato se insultaba cada vez con más fuerza. Y, por encima de todo, se oían los quejidos de Tesa. Eché un vistazo al salón. El náutico había dejado una marca en la pared. La mesa del tresillo estaba llena de botellas vacías y ceniza de hachís. Me levanté del sillón, cogí el preservativo y me fui al dormitorio pensando en la bronca que le iba a caer a Dani al día siguiente.

Lo primero que vi al entrar fue la piel desnuda de Tesa. Estaba tumbada boca arriba en la cama, sin bragas, con un zapato puesto y la minifalda vaquera arrugada alrededor de la cintura. Se le había soltado el pelo y tenía la cara roja de tanto gritar. Se retorcía. Pedía que, por favor, la soltáramos. El Rata la sujetaba por los brazos contra la cama. Dani le agarraba los tobillos y se esforzaba por mantenerle las piernas abiertas.

—¡Dónde estabas, tío! —dijo, y me hizo un gesto con la cabeza para que me acercara a ayudarle.

Miguelón tenía a Bruce cogido por el cuello de la camiseta, para que no se escapara. Le di el preservativo, rodeé la cama e, imitando a Dani, agarré con ambas manos el tobillo de Tesa, como si fuera un remo.

—Ahí la tienes, machote —dijo el Rata.

Bruce trató de soltarse de Miguelón. Le dio un puñetazo en el brazo y se retorció para zafarse de la camiseta, pero no sirvió de nada. Miguelón le atenazó la nuca con la mano y lo arrastró hasta el pie de la cama.

—Toma, ponte esto. No vayas a cogerte algo, que esta es muy puta —dijo, ofreciéndole el preservativo.

—¡Déjame, joder! —protestó Bruce.

—¿Pero qué te pasa? ¿No quieres tirártela? —dijo el Rata.

Tesa gritaba cada vez más alto. Se agitaba con tanta fuerza que nos resultaba difícil contenerla. No sé por qué, mientras la sujetaba, me pregunté para que quería el tío de Dani una casa que no usaba. ¿Y qué sentido tenían las literas, si él estaba soltero? Me despisté solo un segundo, lo suficiente para que el tobillo de Tesa se me escurriera de las manos. Me costó Dios y ayuda volver a sujetarlo.

—¡Estate quieta, coño! —dijo el Rata.

—No tenemos toda la noche, chaval. Si no te la tiras tú, me la tiro yo —dijo entonces Miguelón, apartando a Bruce de un manotazo.

El chaval tropezó consigo mismo y estuvo a punto de caerse al suelo. Una vez recobrado el equilibrio, salió corriendo de la habitación.

—Puto marica —dijo Dani.

Los alaridos de Tesa dejaron de ser humanos. Perdona la comparación, pero a mí me recordaron a los chillidos que dan los cerdos cuando les clavas el cuchillo en la garganta. Parecía mentira que de un cuerpo tan bonito pudiera salir un chirrido tan desagradable. Mientras gritaba, se sacudía de un lado a otro con más violencia aún que antes. Esta vez fue el Rata quien tuvo problemas para sujetarla.

Se le escapó un brazo y logró paralizarlo a duras penas. Miguelón se quedó un momento quieto al pie de la cama, con el preservativo en la mano, observando cómo Tesa se desgañitaba. Conociéndolo, estoy seguro de que se sintió dolido por su reacción. Era como si ella prefiriera que la matáramos antes que dejarse tocar por él. En cuestión de segundos, el dolor se transformó en rabia.

—Prepárate, puta —dijo, bajándose la cremallera.

Entonces reapareció Bruce. Entró en el dormitorio acompañado de una mujer en bata y un hombre tan formidable que apenas cabía por la puerta. Tenía un bigote tupido, de esos que caen por los lados de la boca, y llevaba puesta una malla de leopardo que solo le cubría un hombro. Alrededor del cuello le colgaba una toalla blanca. No lo sé a ciencia cierta, pero siempre he creído que eran la pareja que discutía en el carromato. El Hombre Forzudo y su esposa.

—¡Pero qué hacéis, muchachos! —gritó la mujer.

El hombre no dijo nada. Se abalanzó sobre nosotros y nos apartó a empujones de la cama.

—Y tú súbete eso ahora mismo o te rompo la cabeza —le dijo a Miguelón.

Lo primero que hizo Tesa al verse libre fue bajarse la falda. Luego saltó de la cama y salió de allí como alma que lleva el diablo.

Madre mía... Te dije que no iba a escribir nada y al final he llenado diez hojas. En fin, espero que lo que te he contado sirva de algo. Ahora tengo que irme. Este fin de semana me tocan los niños y tengo que ir a buscarlos a casa de Elo. Por cierto, ella no sabe nada de todo esto. No quiero ni imaginar lo que podría pasar si se entera. Así que te pido, por favor, que seas discreto. Y, si puedes, dile a Tesa que lo siento. Te lo dije antes y te lo repito ahora. No soy el de antes. Te juro por mis hijos que ya no soy el que era.

ESTER

Toñín salió así por mi culpa. El doctor Uribe me advirtió que era arriesgado tener un hijo tan tarde, más aún después de que tuvieran que radiarme por aquellos quistes que me salieron en los ovarios. Pero yo ansiaba tanto ser madre... Porque, al fin y al cabo, ¿para qué vivimos si no es para dar más vida? Además, ¿quién se iba a encargar de la confitería cuando Cipri y yo ya no pudiéramos seguir trabajando? Así que no hice caso al doctor Uribe y seguí adelante con el embarazo.

Ahora la confitería es lo que menos nos preocupa. Cuando llegue el momento —puede que el año próximo o, a más tardar, el siguiente— la traspasaremos y ya está. Lo que a Cipri y a mí nos quita ahora el sueño es qué va a ser de Toñín el día que nosotros no estemos, quién se va a ocupar de un niño de cincuenta años que no sabe valerse por sí mismo y que, por más que se lo hemos explicado, sigue creyendo en los Reyes Magos y en el Ratoncito Pérez. A mi hermana Matilde no podemos imponerle esa carga porque bastante tiene ya con su marido y sus cinco hijos. Sería injusto. Cipri es hijo único, así que por ese lado no tenemos a nadie. Nos han recomendado sitios, pero son todos muy tristes. No queremos que Toñín acabe sus días sedado como si fuera un loco de atar, babeando y haciendo puzles de madera entre psicóticos, suicidas, criminales y gente cuya condición, con todos mis respetos, nada tiene que ver con la suya. Eso jamás, pobrecito mío.

Pero no te escribo para contarte mis penas. Te escribo principalmente porque le dije a Toñín que te iba a contar lo del incendio. Preferiría no habérselo dicho, la verdad, pero siempre he sido una mujer de palabra, sobre todo con mi hijo, y no pienso cambiar ahora. Te escribo también porque, desde que te mandé la grabación, no has parado de pedirme que lo haga. Yo, sinceramente, no veo qué bien puede hacerle a nadie, mucho menos a ti, enterarse de estas cosas ahora, después de tantos años. A veces es mejor no remover el pasado. Pasar página. En fin, tú sabrás lo que haces. Además yo no soy quién para dar consejos. Bastante tengo con cargar con lo mío.

Una de las ventajas de Tabira es que, al ser tan pequeña, resulta segura para una persona como Toñín. Todo el mundo lo conoce y, por lo general, nadie se mete con él. Disfruta de una tolerancia impensable, me parece a mí, en una ciudad o en un pueblo más grande. Gracias a eso, puede pasarse el día en la calle. Lo que más le gusta es mirar obras. Pierde la noción del tiempo viendo funcionar los taladros, las excavadoras y las grúas. Los obreros lo tratan bien. Le preguntan cómo está. Soportan con paciencia sus monólogos. Y más de una vez nos lo han traído a casa a la hora de comer porque él no entiende el reloj y se le va el santo al cielo. Siente atracción por el bullicio, por los sitios llenos de ruido y gente, como la feria —se puede pasar horas viendo los coches de choque—, las procesiones de Semana Santa, los recreativos de la calle Alcanfor o las verbenas del jardín del Moro. Uno de sus pasatiempos favoritos en verano es bajar a primera hora a la piscina municipal y observar desde la verja cómo Salvador poda el césped. Le entusiasman el estruendo de la máquina y el olor a hierba recién cortada. Pero a veces también le gusta no ver a nadie. Se pierde tardes enteras en la chopera de la Culebra y caza ranas que luego intercambia por un pincho de tortilla con Baltasar, el cocinero del hotel Baracoa. Él lo llama «hacer negocios». O se sienta «a pensar», como dice él, en el terraplén que bordea la cuesta de los Cerezos, la que baja desde el hospital de las Cinco Llagas hasta el barrio de Rectivía. No sé de dónde le viene ese nombre a la cuesta porque, que yo sepa, allí no ha habido un cerezo en la vida. Lo que hay es un talud de tierra repleto de zarzas resecas donde suelen ir a pincharse los drogadictos. Le hemos dicho a Toñín un millón de veces que no vaya. Nos da miedo que cualquier día se clave una jeringuilla o que alguien le dé un susto. Pero no nos hace caso. Dice que le gustan las zarzas porque son marrones y están sucias. ¿Qué le puedes contestar a eso?

Allí estaba, en el terraplén, la tarde de la que te hablo. Ya sabes cómo se lía el pobre contando las cosas. Se acelera, pierde el hilo y no siempre es fácil sacar algo en claro. Por lo que he podido entender, el fuego debió de empezar en la parte baja del terraplén y se extendió tan rápido que, cuando Toñín quiso darse cuenta, ya estaba rodeado de llamas.

Lo más sensato habría sido intentar volver a la cuesta. En vez de eso, ofuscado por la humareda y el pánico, echó a correr de un lado para otro gritando. Fue entonces, mientras daba palos de ciego, cuando sufrió las quemaduras más graves, en la cara, las manos y el brazo izquierdo. Angelito mío, qué mal tuvo que pasarlo. Se me rompe el corazón al imaginarlo medio asfixiado en ese infierno, dando tumbos entre las zarzas ardientes. Y allí se habría quedado de no ser porque se resbaló, cayó al suelo y echó a rodar por la pendiente. Las zarzas que se llevó por delante en su bajada lo llenaron de arañazos y le hicieron jirones la ropa. Acabó tendido al pie del terraplén, abrasado, sangrando como un eccehomo, cubierto de broza y tierra. Entonces vio a Gonzalo a través del humo. Lo último que recuerda antes de desmayarse es que tosía y se tapaba la boca con el brazo.

Lo recogieron dos peregrinos extranjeros que le habían visto caerse desde la cuesta. Cuando Cipri y yo llegamos al ambulatorio, ya no estaban, así que no pudimos darles las gracias, pero recuerdo el detalle de que eran extranjeros porque el médico que atendió a Toñín, uno nuevo al que no habíamos visto antes, nos dijo que hablaban español con lengua de trapo y que le había costado entenderlos. Le hicieron una cura de urgencia allí mismo y se lo llevaron al hospital Virgen Blanca de León, donde estuvo tres semanas ingresado. La primera noche, sentados en un sofá del pasillo mientras Toñín dormía en la habitación bajo el efecto de los calmantes, Cipri y yo nos miramos a los ojos y, sin pronunciar una sola palabra, nos dijimos lo que estábamos pensando. Que quizás habría sido mejor que Toñín no hubiera sobrevivido al incendio. Que así se habría ahorrado la terrible orfandad que tarde o temprano le esperaba. Que, con él en el cielo, Cipri y yo habríamos podido al fin descansar por las noches. Fue un instante de debilidad, lo sé. Una sombra pasajera causada por la congoja y el cansancio. Pero la vergüenza de haber tenido esos pensamientos ha marcado cada segundo de nuestras vidas desde entonces. Derrotados en la noche verdosa del hospital, mientras las enfermeras iban y venían haciendo sus rondas, nos abrazamos con fuerza y lloramos por Toñín y por nosotros.

A Gonzalo no lo mencionó hasta varios días más tarde, cuando empezó a encontrarse mejor. Pensé que eran imaginaciones suyas. No sería la primera vez que se inventaba las cosas. Supuse que, con la confusión del humo y la caída, había creído que era él cuando en realidad se trataba de uno de los peregrinos que lo recogieron. Pero insistía tanto en que lo había visto, en la forma en que tosía y se tapaba la boca con el brazo, que a Cipri y a mí no nos quedó más remedio que creerle. En un primer momento me pareció raro que Gonzalo no hubiera ido con los peregrinos al ambulatorio, sobre todo porque conocía a Toñín y hablaba español, lo que habría facilitado mucho la tarea del médico. Luego, al considerarlo con más calma, no me extrañó tanto. Me has pedido que sea sincera, así que te lo diré sin paños calientes. Gonzalo era un bicho raro. Para que te hagas una idea, en todos los años que estuvo viniendo a Tabira, nunca hizo un amigo. Al principio iba por ahí con el hijo del Pintamuertos, el de la funeraria, pero no tardaron en distanciarse. Dicen que porque al hijo del Pintamuertos también le gustaba Pilar. Vete tú a saber. Desde entonces, siempre anduvo solo, como un fantasma. Una vez, cuando era niña, la señorita Queti me usó en clase para hacer un experimento. Me dio dos imanes y, enfrentando sus polos iguales, me dijo que intentara unirlos. Fue muy extraño. Al acercarlos, salió del aire una fuerza invisible que hacía que se separaran. Así era Gonzalo, como los imanes de la señorita Queti. Un hombre envuelto en una especie de campo magnético —se dice así, ¿no?— que impedía que la gente se acercara a él. Incluso en las raras ocasiones en las que se le veía con Pilar y los niños, yendo a misa en San Dimas, por ejemplo, o comprando cocadas y hojaldres en nuestra confitería, parecía que estaba solo. Un miembro ortopédico que no acababa de encajar en la familia, eso es lo que era. Un añadido postizo. Yo no sé en qué estaría pensando Pilar cuando se casó con él. Hasta el hijo del Pintamuertos habría sido una mejor elección, fíjate, y mira que era tontorrón el muchacho. Por eso te digo que, en cuanto lo pensé un poco, no me extrañó que Gonzalo se desentendiera de Toñín en el terraplén. Estaría dando un paseo y, al ver que los peregrinos se hacían cargo de la situación, debió de pensar que él allí no pintaba nada.

No volví a pensar en ello durante años, hasta que una mañana, mientras lo peinaba y le echaba colonia antes de que saliera a la calle, Toñín me contó lo que oíste en la grabación. Ya te he dicho que a veces se inventaba las cosas, pero era imposible que se hubiera inventado eso. Aun así me esforcé por no darle crédito. Le di un beso en la frente y, viéndolo alejarse por el pasillo con sus andares descoordinados, de niño atrapado en un cuerpo de adulto, traté de convencerme de que Gonzalo no podía ser tan despreciable. Me lo repetí una y otra vez a lo largo de la mañana, mientras hacía la casa, mientras me arreglaba, mientras despachaba en la confitería. Pero fue inútil. A la hora de comer estaba segura no solo de que lo que me había contado Toñín era verdad, sino también de que tenía una relación directa con el incendio del terraplén. Dos y dos son cuatro, ¿no crees?

Creí que me volvía loca. Varias veces estuve a punto de ir a la policía, pero me eché atrás. ¿Qué iba a contarles? No había ninguna prueba. Además, ¿quién iba a creer la historia de un tontito retrasado que, por no entender, no entendía ni los relojes? Pensé en hablar con Pilar. Pensé en enfrentarme con Gonzalo, pararlo cualquier día en la calle y gritarle, para que toda Tabira lo oyese, que era un monstruo. Pero no hice nada. Me tragué la rabia y guardé silencio. Ni siquiera se lo conté a Cipri. ¿Para qué? Lo último que necesitaba el pobre era otro motivo para no dormir por la noche. Y si te lo he contado a ti, es solo por egoísmo. Porque, aunque en su día creí que sí, me he dado cuenta de que no puedo llevar esta carga yo sola. Me aplasta. No me deja respirar. Puede que ahora te lo parezca, pero no te estoy haciendo ningún favor. Espero que algún día me perdones.

ARIEL

Pilar se había puesto peor y la casa llevaba varios días envuelta en una quietud expectante. Todo se hacía en susurros, con circunspección, como si temiéramos molestar a la muerte mientras trabajaba. El doctor Uribe venía con más frecuencia que antes. No tocaba el timbre. Llamaba suavemente a la puerta con los nudillos, saludaba a quien le abriese con una inclinación de la cabeza y cruzaba el pasillo en penumbra casi de puntillas, enjugándose el sudor de la frente con un pañuelo blanco que llevaba cosidas sus iniciales. Seguía habiendo visitas, pero menos y más breves porque Pilar ya no hablaba. Yacía diminuta en el centro de la cama, sumida en un letargo inquieto del que solo salía para acariciar el escapulario y mirar a través de la ventana. Observaba el paisaje con terquedad, apropiándose de él, como si se lo quisiera llevar consigo al otro lado.

La calma de la casa contrastaba con el alboroto que había en la calle. Habían empezado las fiestas y Tabira, tan plácida el resto del año, era un hervidero de gente. El paseo de la muralla estaba abarrotado. Hasta la cocina, donde yo estaba cenando esa noche, llegaba un rumor lejano, salpicado aquí y allá por los gritos de los niños y las sirenas atenuadas de la feria. Estefanía se acababa de ir. Isabel aún no había llegado. Con Pilar estaban Fuensanta y Salvador, el socorrista, que venía todos los días. Siempre traía algún detalle: un ramo de claveles, unos tomates de su huerto, una cajita de pastas de La Magistral. A mí se me hacía raro verlo vestido de calle, sin el bañador Turbo, las chanclas y el niqui dado de sí que solía llevar en la piscina. También me sorprendía un poco la persistencia de sus visitas, porque Pilar y él apenas se conocían. Con esto no quiero decir que su presencia me molestara. Al contrario, siempre se comportó con una discreción impecable. Se sentaba muy recto en la silla, atento a todo y a todos. Hablaba cuando había que hablar, sobre todo con el tío Gastón, con quien compartía el interés por las ruinas de Tabira. Cuando no, nos ayudaba a sobrellevar el silencio. Es curioso. No era más que un conocido, otro vecino que venía a prestarnos su apoyo, y, sin embargo, a veces daba la sensación de que era el hombre de la casa, de que estábamos velando a su esposa. En una ocasión, al marcharse, le cogió la mano a Pilar y lloró, algo que no habíamos visto hacer a Gonzalo. Un buen hombre, Salvador.

La pandilla había quedado para cenar en Nabucco. Luego el plan era ir a la muralla a ver los fuegos artificiales, que empezaban a las doce. Los gemelos se habían pasado por casa esa tarde para decírmelo. No quisieron entrar. Iban con prisa, dijeron, porque tenían que hacer unos recados, pero yo creo que les asustaba el ambiente fúnebre. No sabían muy bien cómo hablarme. Parecían divididos entre el deseo de animarme y el miedo de resultar frívolos.

—Te vendrá bien salir un poco, Ariel —dijo David, preocupado.

Yo no tenía el cuerpo para ir a ningún sitio. Pilar se moría. Era cuestión de tiempo que sus deteriorados órganos dijeran basta. Me atormentaba la idea de su ausencia. De seguir viviendo sin ella. Con Noemí había hablado una vez más por teléfono, pero nuestra conversación había sido una triste repetición de la primera. Fui a verla a su casa, en vano. Se había ido a Santander a pasar unos días con su prima Alicia. «Estaba un poco rara. ¿Ha pasado algo?», me dijo su madre, y yo no supe qué contestar. Tenía solo dieciocho años y mi vida se acababa por partida doble. ¿Qué más me daban a mí el Nabucco o los fuegos artificiales?

—Prefiero quedarme en casa —les dije a los gemelos.

La tensión acumulada me había quitado el apetito. Llevaba un rato sentado ante un plato de huevos fritos con patatas, hurgando con las púas del tenedor en las yemas frías, cuando oí girar la llave en la cerradura. Supuse que sería Gonzalo. Dejé el tenedor apoyado en el borde del plato y me preparé para escuchar el ritual de su vuelta a casa. Cerraría la puerta tras de sí con cuidado, para perturbar lo menos posible la fina piel del silencio. Dejaría las llaves en el mueble de la entrada. Si cierro los ojos, aún puedo sentir su tintineo y el leve choque contra la madera. Cruzaría a oscuras el pasillo. Se asomaría un momento a ver cómo estaba Pilar. Luego se acomodaría en el sofá del cuarto de estar y, pusieran lo que pusieran, vería la televisión hasta la hora de acostarse. Pero me equivoqué. No fue él quien entró, sino Tesa.

Apareció de pronto en la puerta de la cocina y se quedó muy quieta mirándome. Ha pasado mucho tiempo desde entonces. Sin embargo, aún me resulta doloroso describir el aspecto que tenía. El pelo le caía en mechones revueltos sobre la cara y los hombros. Se le había roto un tirante de la camiseta. Le faltaba un zapato. La falda la llevaba torcida. Tenía los brazos y las piernas llenos de marcas rojas. Pero lo que más me estremeció fue su rostro desencajado: los ojos llorosos, el pintalabios corrido, la boca trémula, las mejillas embadurnadas de rímel.

—¿Qué te ha pasado? —dije, levantándome de la silla.

Durante varios segundos permanecimos inmóviles el uno frente al otro, envueltos en el brillo de los tubos fluorescentes.

—¿Quién ha sido? —pregunté.

Entonces Tesa dio un paso al frente y me abrazó. Pegó la cara a mi cuello y, entre sollozos, se puso a decir mi nombre:

—Ariel, Ariel, Ariel, Ariel...

Lo repitió una y otra vez, con una desesperación que me desgarró por dentro. La abracé con fuerza. Le acaricié el pelo. Luego cerré los ojos y lloré con ella. En la negrura de mi mente la vi como la había visto desde el balcón aquel lejano domingo de octubre, jugando a la rayuela con el vestido amarillo y los zapatos de charol blancos que nunca usaba entre semana. La vi saltar a la pata coja sobre los cuadros de tiza. La vi sonreír y lanzarme besos a través del calor.

—Ariel, Ariel, Ariel... —seguía diciendo.

El cuerpo le temblaba. Sus lágrimas me empapaban el cuello.

—Shhh, tranquila —le susurré al oído.

Y, mientras la visión se esfumaba y nuestros llantos se fundían, sentí lo mismo que había sentido aquel día que Pilar llegó tarde a recogerme al colegio. Me enfadé con ella por abandonarnos. Por dejarnos tan solos.

BRUNO

Entonces Ariel empezó a hacer cosas raras. La primera que yo recuerdo fue en el jardín del Moro una tarde de principios de agosto. Estábamos sentados en el pretil semicircular de uno de los cubos de la muralla, hablando sobre lo que íbamos a hacer esa noche mientras comíamos las banderillas y las cortezas que habíamos comprado en el quiosco. La mayoría queríamos ir al concierto de Tino Casal. Su música nos daba un poco lo mismo —nos gustaban más los Hombres G o Radio Futura—, pero lo habíamos visto mil veces en la televisión, con sus aullidos y trajes barrocos, y teníamos curiosidad por saber cómo era en directo. Sole y Marieta preferían ver *Memorias de África* en el Tívoli. Y Borja estaba empeñado en ir a una fiesta en Peñicas a la que nadie nos había invitado. Apenas abría la boca al hablar. Le daba vergüenza porque la corona que le había puesto el padre de Noemí —un amigo del Cuco le había roto un diente, imagino que te lo habrán contado— era algo más clara que el resto de su dentadura. A nuestra espalda, la muralla caía más de quince metros hasta la base del cerro sobre el que estaba construida Tabira. Abajo había huertos humildes, patios llenos de chatarra, solares cubiertos de hierbajos, pequeñas casas de ladrillo y uralita. De pronto Ariel le pasó la bolsa de cortezas a Javi y, sin decir palabra, se puso de pie sobre el pretil. Nos volvimos hacia él sorprendidos.

—¿Qué haces? —dijo Sole.

—No hagas el bobo, anda —dijo mi hermano.

El pretil estaba formado por una fila de piedras convexas de alrededor de medio metro de anchura. Ariel tenía las piernas ligeramente separadas, en tensión para que los pies no se le resbalaran hacia los bordes. Miraba a lo lejos, hacia el perfil quebrado de la sierra Perdida, con una cara inexpresiva que nos dio miedo.

—No tiene gracia —dijo Marieta.

—¡Que te bajes, coño! —insistió mi hermano.

Ariel no pareció oírlos. Echó a andar con los brazos en cruz, como un equilibrista en la cuerda floja. Avanzó muy despacio unos metros, tanteando la piedra curva con la suela de los náuticos antes de dar cada paso. Abajo, en uno de los huertos, un hombre alzó la vista haciendo visera con la mano.

—¡Chaval! —gritó—. ¡Estás tonto o qué te pasa!

Sostenía una azada que lanzaba destellos al agitarse. Pese al calor, llevaba puestos unos pantalones de pana muy anchos sujetos con un cordel y una camisa abotonada hasta el cuello. Ariel se paró. Por un momento creímos que se iba a bajar del pretil, pero resultó que lo que estaba haciendo era coger aire para seguir caminando. Entonces empezó a gritarle todo el mundo. El hombre del huerto. Nosotros. La gente que paseaba por la muralla. El jardinero, que salió del cobertizo donde guardaba los aperos y le dijo a voces que, si quería matarse, se fuera a otro sitio. Sin hacer caso,

Ariel recorrió de un tirón los diez metros que lo separaban del siguiente cubo. Al llegar a él se bajó de un salto y, ante la bronca general, volvió con nosotros. Lo recibimos con un silencio atónito. Se sentó donde antes y, sin molestarse en pedírsela, le quitó a Javi la bolsa de cortezas. Cuando metió la mano para coger una, notamos que le temblaba. Del fondo de la muralla, elevándose por encima del murmullo de los paseantes, llegó la voz irritada del hombre del azadón:

—*Jodíos* rapaces. No sabrán divertirse de otra forma.

Pocos días más tarde, Ariel hizo otra locura. Fue mientras bajábamos con las motos por la cuesta del Portón. Íbamos a ver la puesta de sol al mirador del hotel Baracoa. Allí los precios eran prohibitivos —una Coca-Cola, por ejemplo, costaba quinientas pesetas—, pero Miguel el Indiano, el dueño, conocía a nuestras familias y, si había mesas libres, nos dejaba estar un rato sin tomar nada con la condición de que no alborotáramos. Era una cuesta peligrosa la del Portón, porque tenía mucha pendiente y abajo estaba el cruce con la carretera general. Ahora han puesto un semáforo, pero en aquella época solo había un *stop* oxidado, medio escondido tras las ramas de un plátano, y los accidentes eran constantes. Había que bajar con cuidado y empezar a frenar enseguida, sobre todo si ibas en moto. Todo lo contrario de lo que hizo Ariel la tarde de la que te hablo. A mitad de bajada se inclinó sobre el manillar de su Mobylette, aceleró a tope y se lanzó a todo gas hacia el cruce. «¡Adónde vas!», le grité pero, si me oyó entre el ruido de los motores, no me hizo caso. Aunque ocurrió todo muy deprisa, en mi memoria lo veo con una lentitud milimétrica. Es curioso cómo, a veces, el tiempo del recuerdo dura más que el de la vida. Veo a Ariel adelantándonos como una exhalación. El aire le agita el niqui y le echa el pelo hacia atrás. Lleva los ojos medio cerrados. Los brazos en tensión. Veo también el camión que se acerca al cruce por la carretera general. Está lleno de ovejas y suelta paja. No sé si Ariel lo ha visto o no, pero no frena. Gana más y más velocidad. Los demás nos paramos en plena cuesta y, horrorizados, nos preparamos para escuchar el crujido del choque. Ariel se salta el *stop*. El camión da un bocinazo. Chirría. Empieza a culear. Las ovejas balan espantadas. Ariel invade la carretera y, milagrosamente, pasa ante el morro del camión sin ser arrollado. Por un momento parece que el camión se va a salir de la calzada. Da dos o tres bandazos sin dejar de pitar. Luego se endereza y sigue su camino. En el aire queda una nube de paja y humo de ruedas. A través de ella veo a Ariel derrapar y girar ciento ochenta grados. Se nos queda mirando con los ojos muy abiertos, sorprendido, como si fuéramos nosotros, y no él, quienes hemos cometido una locura.

En los días que siguieron, hablamos mucho de Ariel cuando él no estaba presente. Repasamos una y otra vez sus actos temerarios para intentar comprender qué le pasaba. La opinión general era que estaba confuso porque su madre se moría. El dolor lo agitaba y lo empujaba a hacer cosas raras. Otro factor importante era Noemí. Era obvio que estaban enfadados por algo. Si no, nadie entendía que ella se hubiera ido a Santander a ver a su prima, dejándolo solo en un momento tan crítico. Fueran cuales fueran sus razones para marcharse, no nos cabía duda de que su ausencia había contribuido mucho al desequilibrio de Ariel. Esas explicaciones —el abandono de su novia y el dolor por su madre— me parecieron válidas durante años, hasta que yo mismo perdí a mi madre y entendí algo que, al no haberlo vivido, no había podido entender antes. A ella, a mi madre, también se la llevó un cáncer, pero de colon. Una de mis obsesiones mientras languidecía era imaginar qué estaría sintiendo al saber que ya no había vuelta atrás, que su vida estaba a punto de acabarse. Cerraba los ojos y trataba de ponerme en su piel. Dejar de ser. Imagínate. Disolverte en la nada. Era tal el vértigo que me entraba que en más de una ocasión abrí los ojos gritando, como recién salido de una pesadilla. Y, en el fondo, creo que eso es lo que intentaba hacer Ariel con sus imprudencias. Saber lo que era morirse y, así, acercarse más a su madre.

Para lo que ni yo ni nadie de la pandilla encontramos una explicación es para lo que hizo después, la noche que fuimos a la feria. A mí, la verdad, nunca me han hecho mucha gracia las atracciones. La cesta me marea. Las tómbolas y las casetas de tiro me parecen un engañabobos. Y no entiendo qué placer saca la gente de darse trompadas en los coches de choque. Yo no he vuelto a subirme desde que de pequeño me disloqué una clavícula. Para mí ir a la feria era —y sigue siendo; ahora me toca ir con Marieta y los niños— un fastidio, algo que solo hacía porque lo hacía la pandilla. Aquella noche las chicas estaban efervescentes y se habían empeñado en montarse en casi todo. De camino entre el tren de la bruja y el látigo, nos paramos en un puesto a comprar manzanas de caramelo. Había tanta gente que tuvimos que alejarnos un poco para poder comerlas a gusto. Nos fuimos al callejón de la Ballena, un pasadizo que hacía de atajo entre la feria y el paseo de la muralla. Por la tarde había llovido y se había limpiado el aire. A la luz de las farolas, lejos del humo aceitoso de la buñolería, todo parecía tener más relieve. Las fachadas de las casas. El cielo estrellado. Nuestros rostros. Todo resaltaba en la noche con una nitidez casi diurna.

Mientras comíamos, vimos aparecer en el callejón a Milo, el hermano pequeño del Cuco. Venía en una bicicleta BH, muy despacio, dando botes sobre el empedrado, que era muy irregular. Debía de tener doce años y no se parecía a su hermano. No ser el primogénito lo había salvado de trabajar en el matadero. Iba al colegio. Tenía una pandilla con la que se divertía jugando al futbito y viendo películas de acción en el Tívoli. Y, por lo visto, estudiaba solfeo y estaba aprendiendo a tocar el piano. Un chico normal, vamos, que jamás se había metido en ningún lío. Como te digo, nada que ver con el Cuco.

—¡Ibas más rápido andando! —le dijo en broma Raúl.

Milo sonrió y siguió avanzando, irguiéndose sobre los pedales para reducir el impacto de los baches, decidido a atravesar el callejón entero sin bajarse de la bicicleta. Llevaba puesta una camiseta oscura con un comecocos amarillo estampado en el pecho. Y se le había desatado el cordón de una zapatilla. Me acuerdo porque estuve a punto de decirle que se lo atara, más que nada para que no se le enganchase en la cadena, pero me callé porque era la típica cosa que podría haber dicho mi madre. Cuando llegó a nuestra altura, nos echamos a un lado para dejarlo pasar. Entonces Ariel lo empujó. De repente lanzó una mano contra su costado y lo impulsó con fuerza hacia la orilla opuesta del callejón. Milo salió despedido de la bicicleta, trastabilló sobre los adoquines e, incapaz de recobrar el equilibrio, chocó de cabeza contra un canalón de hierro fundido. El ruido hueco del golpe resonó de forma siniestra en la calma del pasadizo. A la bicicleta se le dio la vuelta el manillar y se vino abajo con la rueda delantera al revés. El pobre chaval acabó desplomado boca arriba en el suelo, con los ojos cerrados, una pierna torcida y la nuca apoyada en el canalón. Por un momento pensamos que estaba muerto. Se había hecho una herida muy fea en la frente. La sangre le resbalaba por la cara y, al llegar al montículo de la barbilla, caía en pequeños hilos rojos sobre el comecocos de la camiseta. Nos quedamos mirándolo espantados, sin saber qué hacer, con las manzanas de caramelo a medio comer en la mano. Tras unos segundos muy largos, Milo abrió los ojos de golpe, se palpó la cara y, al ver que los dedos se le manchaban de sangre, se puso a llorar. Aliviados, tiramos las manzanas al suelo y nos acercamos a ayudarlo.

—Hay que llevarlo al ambulatorio —dijo Sole.

—Me duele mucho el tobillo —gimió Milo.

—Agárrate a mi hombro —le dijo Javi, agachándose junto a él.

Yo me agaché también, para sostenerlo por el otro costado.

—A la de tres —dijo Javi.

Nos costó tanto esfuerzo levantarlo que tuvimos que apoyarnos en la pared a coger aire antes de ponernos en marcha. Entonces, en medio de la confusión, entre los quejidos de Milo y los comentarios nerviosos de unos y otros, vi a Ariel alejarse por el callejón. No en dirección a la feria, que era por donde, pese al gentío, teníamos que ir nosotros, sino hacia abajo, hacia el paseo de la muralla. Caminaba con calma, esquivando los adoquines más prominentes. Y, después de lo que acababa de hacer, seguía comiendo su manzana de caramelo.

TESA

Últimamente leo muchas novelas. Me dan el consuelo que antes me daba la física. Mi lugar favorito para leerlas es la cafetería del campus, donde tomaste aquel *banana split* tan rico cuando viniste a verme el año pasado. ¿Te acuerdas? Si hace bueno, me gusta sentarme en la terraza, a la sombra de los tilos, mientras los alumnos van y vienen con las mochilas al hombro, empujando sus bicicletas, charlando en todos los idiomas. El rumor de su juventud me ayuda a concentrarme en la lectura. A veces me pregunto qué pensarán al verme allí sola todos los días. La profesora chiflada, se dirán unos a otros. La solterona entregada a la ciencia, siempre perdida en su mundo de fórmulas y abstracciones. O puede que no piensen nada. Puede que la opinión que los demás tienen de nosotros sea mucho más tibia de lo que creemos. En cualquier caso, me da igual. Lo que a mí me interesa ahora es la paz que encuentro en las palabras.

He cogido la costumbre de apuntar en un cuaderno las frases que me llaman la atención. Hace poco, por ejemplo, leí una en una novela de Sándor Márai que me removió por dentro. Te la copio directamente del libro, para no tergiversarla: «Uno siempre conoce la verdad, la otra verdad, la verdad oculta tras las apariencias, tras las máscaras, tras las distintas situaciones que nos presenta la vida». ¿No te parece una frase maravillosa? Lo que Márai nos está diciendo, date cuenta, es que no hace falta que nadie nos cuente las cosas importantes, las que nos afectan de veras y nos hacen ser lo que somos, porque en el fondo las intuimos. Sabemos sin saber, por puro instinto. Oímos, aunque no sepamos cantarla, la canción que suena camuflada en el ruido.

Nada más leer la frase, pensé en ti, en este proyecto en el que nos has embarcado a todos. Dejé el libro en la mesa y, por fin, mientras dos alumnas me saludaban y echaban a correr porque llegaban tarde a clase, vi con claridad cuál es tu propósito. Lo que en realidad nos pides no es que desvelemos nada, sino que confirmemos por escrito y en detalle las cosas que tú ya intuyes. Quieres que nos quitemos las máscaras. Quieres poner luz y taquígrafos en nuestras sombras, que son también las tuyas.

¿No es así, corazón?

¿No es eso lo que buscas?

Y me cuesta decirte esto, pero me temo que no voy a poder ayudarte. No porque no lo desee, sino porque con los años mis sombras se han hecho tan profundas que ya no hay forma de iluminarlas. La máscara que llevo puesta desde niña se ha fundido con mi rostro. Ha dejado de ser máscara para convertirse en mi piel verdadera.

¿Entiendes lo que te estoy diciendo, cariño?

Hagamos una cosa. Es muy improbable que ocurra, pero si alguien al escribirte desentierra mis secretos, llámame y hablamos con calma. O, mejor aún, ven a verme otra vez. Yo te compro el billete, ya lo sabes. Por eso no te preocupes. Si hace bueno, podemos sentarnos aquí, bajo los tilos. La mejor hora es el atardecer. El campus baja la voz. Se inflama el cielo. La brisa corre entre las mesas como un niño revoltoso. Y durante unos minutos, lo que tarda en caer la noche, parece que el mundo es perfecto.

III

DOS ALMAS

NOEMÍ

Ni a mi prima ni a mis tíos les sorprendió que me presentara en Santander tan de improviso. Alicia y yo éramos como hermanas. Hablábamos todo el rato por teléfono y siempre estábamos deseando vernos. Mi madre, en cambio, se quedó preocupada.

—A ti te pasa algo —me dijo mientras esperábamos a que llegara el tren en la cafetería de la estación.

Eran las siete y cuarto de la mañana y hacía frío. Yo no paraba de tiritar, y eso que llevaba puesta una rebeca de punto. Dije que estaba cansada porque había dormido poco pensando en el viaje.

—No, ayer ya estabas rara. Además, toda esta prisa... ¿Has discutido con Ariel? —insistió mi madre, calentándose las manos en el vaso de café.

Miré a través del ventanal hacia el andén, hacia los rieles que se perdían como hilos de luz en la distancia azulada. Deseé con todas mis fuerzas que apareciera el tren y que mi madre dejara de preguntarme.

—No me pasa nada, de verdad —dije, y sonreí para tranquilizarla.

Además de nosotras, había otro cliente en la cafetería, un hombre que dormitaba en la silla con una gorra blanca muy sucia calada hasta las cejas. Tenía las piernas estiradas, los brazos cruzados y la barbilla metida en el pecho. A su lado, en la mesa, había un platillo con migas de pan y una copa a medio beber de un líquido transparente que debía de ser anís. Un temporero del lúpulo, pensé.

—Yo no sé cómo Plinio sigue trabajando —dije, cambiando de tema.

Plinio era el lechero de Tabira. El de toda la vida. Nos lo habíamos encontrado al bajar a la estación junto a su Cirila, supervisando la descarga de un bidón de veinte litros a la puerta del bar Haití. Era demasiado viejo para coger peso, así que los pocos clientes que aún le eran fieles tenían que manipular ellos mismos los bidones. En realidad, era demasiado viejo para casi todo lo que hacía. Para seguir conduciendo aquel cacharro, por ejemplo. O para beber aguardiente a todas horas. O para estar en manga corta en la calle esa mañana, con el frío que hacía. «¿Adónde vais tan temprano?», preguntó al vernos pasar, señalando mi maleta con el dedo mientras el dueño del bar Haití depositaba el bidón en la acera con un gruñido. Costaba trabajo entender a Plinio porque casi no tenía dientes. «A Santander», respondí. Él se frotó la barbilla, como buscando en su mente lo que le decía ese nombre. «¡Pues dale recuerdos al mar!», exclamó por fin. «De su parte», contestó mi madre riendo mientras nos alejábamos. Te parecerá una tontería, pero oír la palabra «mar» me produjo sosiego. Pensé en la inmensidad rizada del Cantábrico y por un instante me pareció que, a su lado, mi problema era insignificante. No duró mucho el sosiego. Nada más entrar en la cafetería de la estación, volvió a invadirme la angustia.

—¿Qué tendrá, ochenta años? —dije.

—Más. A mí ya me parecía muy viejo cuando yo era pequeña, así que figúrate —dijo mi madre, y tomó un sorbo de café.

Quiero dejar claro que en ningún momento se me pasó por la cabeza no seguir adelante. Eso era lo único de lo que estaba segura. Todo lo demás era incertidumbre y miedo. Lo que más me dolía era la reacción de Ariel. Que éramos muy jóvenes, decía. Que aún teníamos que hacer muchas cosas. Como si yo no lo supiera. Como si no fuera consciente de que lo que había ocurrido daba al traste con todos nuestros planes. A veces, para no sentirme tan sola, trataba de justificarlo. Su madre se moría. Imagínate lo que tiene que ser eso, con dieciocho años. No, mejor no lo imagines. ¿Para qué? Además, el pobre estaba de los nervios porque los del ministerio seguían sin decirle si tenía que hacer la mili o no. Sin duda era un mal momento. Pero así es la vida, ¿no te parece? Rara vez nos deja elegir cuándo nos pasan las cosas. El caso es que al final, por más que intentara disculparlo, caía sobre mí la decepción. Yo creo que jamás me he sentido tan defraudada como entonces. Tan dejada de lado. Me había enamorado de quien no debía, me decía a mí misma. ¿Qué iba a ser de mí ahora? Me daba pavor contárselo a mis padres. Sin el apoyo de Ariel, tenía la sensación de haber hecho algo sucio, reprobable. A la vergüenza de encontrarme en esa situación se sumaban mis dudas sobre mi capacidad para hacerme cargo de una criatura. ¿Y si no sabía ser madre? ¿Y si, como Ariel, resultaba que yo tampoco estaba a la altura? Otras cosas que me preocupaban eran qué iban a decir mis amigas, qué iba a pasar con mis estudios, qué iban a pensar de mí en Tabira. Te lo cuento de forma razonada para que me entiendas, pero yo lo viví como un torbellino caótico que me oprimía la garganta y me ponía al borde del llanto a cada instante.

A las siete y veinticinco vi brillar el tren en la distancia. El sol, todavía muy bajo, caía angulado sobre las vías, los cables y las señales ferroviarias, dibujando en el suelo una confusa trama de sombras. En el andén casi no había gente: una pareja de ancianos y un grupo de chicos con chándales rojos. Mi madre terminó el café, se limpió los labios con una servilleta de papel y fue a pagar a la barra.

—A ese señor habrá que despertarlo, ¿no? —le dijo al camarero, y miró fugazmente hacia el hombre de la gorra blanca.

Ya no tenía los brazos cruzados. Ahora le colgaban lacios por los costados. Se había escurrido en la silla y parecía a punto de desmoronarse.

—Tranquila, su tren no pasa hasta las ocho.

Mi madre separó los labios para decir algo más. Pensándolo mejor, guardó el cambio en el monedero, se agarró a mi brazo y salió conmigo al andén.

El tren estaba más lejos de lo que parecía. Fue aumentando de tamaño muy poco a poco, con desgana. Por fin entró resoplando en la estación y se detuvo como un animal cansado bajo los haces de luz que se colaban por los desperfectos de la marquesina.

—Llevas el chubasquero, ¿no? —dijo mi madre mientras la gente que esperaba se acercaba a los vagones.

—Sí.

—¿Y los hojaldres para tu tía?

—Claro.

—¿Te hace falta más dinero?

—No, mamá.

Entonces me abrazó, cosa que rara vez hacía. Me sostuvo con fuerza unos segundos, con la barbilla apoyada en mi hombro. Luego me dio dos besos y, mirándome fijamente, me dijo:

—Sabes que puedes contar conmigo para lo que quieras, ¿verdad?

Asentí con la cabeza, conteniendo las lágrimas.

—Para lo que quieras, hija —repitió.

Me aparté de ella como pude y, cogiendo el asa de la maleta con las dos manos, me subí al tren. Con el cambio de altura, mi madre me pareció muy pequeña. Allí sola, en medio del andén vacío, me dio la sensación de que era ella —no yo— la que estaba indefensa, la que caminaba a ciegas por el borde del precipicio. Alguien cerró la puerta del vagón. A través de la ventanilla, mi madre me lanzó un beso y, marcando las palabras, acercándose el meñique a la boca y el pulgar a la oreja, me dijo:

—Llámame cuando llegues.

Los días que pasé en Santander los recuerdo como en una nebulosa. Como te dije antes, ni a mi prima ni a mis tíos les pareció extraño que me presentara allí tan de repente. No era la primera vez que lo hacía. Sin embargo, yo creo que, en cuanto me vio bajar del tren en la estación, Alicia se dio cuenta de que me pasaba algo. Es solo una sensación porque ella no me dijo nada. Lo que hizo fue gritar de alegría y abrazarme con el alborozo de siempre. Luego me cogió la maleta y, sin parar de hablar, haciendo aspavientos con la mano libre, me llevó a la parada de taxis.

No nos quedamos en casa ni media hora, lo justo para dejar la maleta, darle los hojaldres a mi tía Irene —el tío Víctor estaba trabajando—, llamar a mi madre y preparar la bolsa de la playa. Hacía un día perfecto. Con lo que llueve en Cantabria, eso había que aprovecharlo.

La tarde se fue sin sentir. El plan era tomar el sol y ponernos al día, pero en la playa del Sardinero nos encontramos con unas amigas de Alicia, que yo ya conocía de otras veces, y empezamos a charlar y a jugar a las palas con ellas. Yo casi lo agradecí, la verdad. Llevaba dos noches sin dormir, abrumada por la angustia, y me vino bien olvidarme por un rato de mis circunstancias. Fue un descanso poder concentrar los sentidos en las cosas pequeñas. La sal en los labios. El olor a mar y a crema bronceadora. La piel mojada. El hormigueo del sol. El calor de la arena en los pies. La luz. El tumulto de las olas. Los estallidos huecos de la pelota al chocar contra las palas. A eso de las siete, Alicia y yo nos despedimos de las chicas y subimos a coger el autobús a la avenida de la Reina Victoria. Mientras esperábamos, me volví hacia la playa y me acordé de lo que unas horas antes me había dicho Plinio: «Dale recuerdos al mar». Me di cuenta de que no le había entendido. Al igual que mi madre, pensé que sus palabras eran una simple ocurrencia, cuando lo que el anciano estaba haciendo era pedirme un favor. Que fuera sus ojos. Que mirara el mar en su nombre porque a él se le acababa la vida y ya no iba a poder hacerlo.

Al llegar a casa, Alicia y yo nos duchamos y picamos algo en la cocina. Luego nos fuimos, esta vez a pie, a los bares de la plaza de Cañadío, donde ella había quedado con la pandilla. Ramón, el chico con el que mi prima salía entonces, me preguntó qué quería beber. Mi primer impulso fue pedir lo que normalmente pedía en Tabira, una cerveza con gaseosa, pero lo pensé mejor y decidí tomar una Coca-Cola. Fue mi primera decisión de madre.

El respiro que había sentido en la playa se esfumó al beber esa Coca-Cola. De pronto, mientras los demás se reían y lo pasaban bien, volvió a caer sobre mí todo el peso de mi situación. No quería estropearle la fiesta a nadie, así que puse buena cara y me esforcé para que no se notase que por dentro me estaba derrumbando. Engañé a todos menos a Alicia, que no paraba de mirarme. Al cabo de un rato, en el trayecto entre un bar y otro, se separó de Ramón, me agarró del brazo y me dijo:

—Vámonos a casa, Noe, que tienes que estar agotada.

Por el camino se lo conté todo. A borbotones, atragantada por las lágrimas, le describí el suplicio de los últimos días. Le hablé del retraso y del angustioso viaje en autobús que había tenido que hacer a León para comprar la prueba del embarazo porque en Tabira todos los farmacéuticos conocían a mi padre. Le relaté entre sollozos y accesos de hipo la desquiciante espera en el cuarto de baño y la aparición en la ventanita de plástico de las inequívocas marcas rosas. Le repetí frase a frase, palabra a palabra, las dos conversaciones que había tenido con Ariel por teléfono. Le hablé de la decepción, de la congoja, de la vergüenza, del miedo, de las dudas que me zarandeaban sin descanso, como a un muñeco de trapo. En el portal, mientras esperábamos a que bajara el ascensor, le dije sin darme cuenta lo mismo que me había dicho Ariel la primera noche que vino a verme aquel verano, cuando le pregunté cómo estaba: «Me siento muy sola». Alicia me limpió las lágrimas con la mano. Se abrazó a mí y me dijo con la voz entrecortada que no era verdad, que no estaba sola. Me dijo también que no llorara, que lo que había que hacer era celebrarlo. «Va a ser un bebé precioso, ya lo verás. Y tú, una madre estupenda.» La luz se apagó. Acabamos riendo y llorando a la vez en el portal oscuro, meciéndonos entrelazadas, ajenas al ascensor que, chirriante, se detenía con una sacudida ante nosotras.

Pasé seis días en Santander. Seis días raros, caprichosos, en los que mi estado de animo fluctuó como un péndulo entre la ansiedad y la ilusión. Tan pronto quería morirme como me inundaba un optimismo desbordante. Lo peor era por la noche, cuando la casa se dormía y yo me quedaba desprotegida en la cama, luchando sin armas contra unos pensamientos negros que me dejaban extenuada. Por el día era más fácil. A veces, como me ocurrió la primera tarde en la playa, llegaba a olvidarme de mí misma. La cabeza me daba un respiro mientras me bañaba en el mar o tomaba algo con Alicia en las terrazas del paseo de Pereda, y por unos instantes no existía nada más que lo inmediato. El burbujeo del refresco en la lengua. La risa de Alicia. La cresta espumosa de las olas. Ahora recuerdo esos días como un paréntesis, una especie de estadio intermedio entre las dos vidas que me ha tocado vivir.

Me fui de Santander tan de improviso como había llegado. La noche del sexto día —creo recordar que era un miércoles—, sonó el teléfono mientras Alicia y yo veíamos *Rebelde sin causa* en el televisor del cuarto de estar. Nos sobresaltamos porque eran casi las doce y en esa época nadie llamaba a una casa tan tarde si no era para dar malas noticias. No como ahora, que la gente se llama y se manda mensajes sin importar qué hora sea. Alicia se levantó del sofá y bajó el volumen. Oímos la voz de la tía Irene contestando en el pasillo, donde estaba el mueble del teléfono. Luego la vimos entrar en el cuarto de estar. La llamada la había cogido preparándose para irse a la cama. Estaba en bata y tenía en la mano un algodón manchado de maquillaje.

—Noemí, es para ti, cariño —dijo extrañada.

No me atreví a preguntar quién era. Me puse en pie de un salto y corrí con el corazón en un puño hacia el teléfono. En el pasillo estaba el tío Víctor, en pijama, con cara de susto. Se había acostado pronto porque al día siguiente tenía que madrugar y el teléfono lo había despertado. Me disculpé con la mirada y cogí el auricular que mi tía había dejado sobre el mueble.

—¿Sí? —dije, temerosa de lo que pudiera aguardarme al otro lado.

—Noemí, ¿eres tú? —dijo Ariel.

Había mucho ruido y casi no se le oía.

—Hola —respondí.

Durante tres o cuatro segundos, el mundo pendió de un hilo.

—Se ha muerto mi madre —dijo por fin Ariel.

Me volví hacia el tío Víctor. Luego hacia Alicia y la tía Irene, que me miraban desde la puerta del cuarto de estar con los ojos muy abiertos. Mi tía tenía las manos metidas en los bolsillos de la bata. Imaginé que el algodón también estaba ahí, manchando de maquillaje la tela guateada. Entonces, no sé por qué, me acordé del hombre de la estación de trenes, el que dormía en la silla con una gorra blanca calada hasta las cejas. Mientras Ariel seguía hablando, me pregunté por qué no tenía equipaje. Y a dónde iba. Y si, cuando llegó su tren, el camarero lo había despertado.

ÁFRICA

Ya te dije por teléfono que no pienso contarte nada. Ni de Tesa ni de nadie. Éramos muy jóvenes e hicimos muchas tonterías. Ya está. No sé por qué el olvido tiene tan mala prensa. Te juro que no lo entiendo porque cualquiera que haya vivido un poco sabe que hay cosas que es mejor olvidar. ¿Por qué te escribo entonces? Pues para aclarar algo que mencionaste cuando hablamos, eso de que, según Gonzalo, Tesa perdió el norte por aquel test de inteligencia que nos hicieron en el colegio. Qué disparate, Dios mío. Es verdad que las dos sacamos una puntuación muy baja, pero no porque fuéramos tontas, sino porque estábamos borrachas.

Supongo que mi padre te habrá contado que Tesa y yo fuimos al mismo colegio dos años, en segundo y tercero de BUP, cuando mi familia se mudó a Chamberí en el ochenta y uno. Aquel día, el del test, habíamos ido a comer el bocadillo del recreo a un bar que había cerca, en la calle Viriato. El Fortuna, no sé si aún existirá. El dueño se llamaba Jonás y, aunque debía de tener más de cuarenta años, estaba loco por Tesa. No te imaginas la cantidad de tíos mayores que andaban detrás de ella. Era patético. Y a veces, por qué no decirlo, Tesa se aprovechaba. Jonás, por ejemplo, nunca nos dejaba pagar. Ese día, además de a los bocadillos de tortilla, nos invitó a un chupito de orujo de hierbas. Lo hizo para que Tesa se ablandara y le hiciera caso, estoy segura. No paraba de sonreírle con cara de baboso y de decirle lo bien que le sentaba el uniforme. El muy asqueroso. ¿Qué les pasa a los hombres? Eran las once de la mañana. Aun así nos bebimos el chupito de un trago porque en esa época no le decíamos que no a casi nada. Y a continuación nos bebimos otro. Y luego otro más. Y cuando volvimos al colegio a las once y media, estábamos ya tan mareadas que no podíamos andar en línea recta. Tocaba clase de Religión, lo cual era bueno porque a sor Milagros le gustaba ponernos filminas y, como había que apagar las luces para proyectarlas, era fácil echarse a dormir sin que nadie te molestase. Pero al entrar en el aula nos encontramos con un hombre al que no habíamos visto en la vida. Tenía gafas y barba, y llevaba puesta una chaqueta de pana marrón con coderas en un tono más claro. Con él estaba sor Juana, la directora. Con la sorpresa, la clase tardó un poco más de lo habitual en ocupar los pupitres y guardar silencio. Sor Juana nos dijo que el hombre era psicólogo y que nos iba a hacer una prueba de inteligencia para saber qué cosas se nos daban bien y ayudarnos a orientar nuestros estudios en el futuro.

Yo no sé cómo pude terminar ese test. La cabeza me daba vueltas. La boca me sabía a orujo. Y en un momento dado me entraron arcadas y estuve a punto de vomitar encima de las hojas. Cada poco intercambiaba miradas de agobio con Tesa, que estaba sentada un par de pupitres más adelante y parecía estar pasándolo tan mal como yo.

Había todo tipo de preguntas y ejercicios. Se nos pedía que completáramos dibujos, que resolviéramos adivinanzas y problemas matemáticos, que indicáramos qué número o palabra no pertenecía a una serie. «Leche es a vaso como carta es a...», te decían, y te daban varias opciones para que eligieras una: sello, bolígrafo, sobre, libro, correo. En uno de los ejercicios te ponían frases y te preguntaban si veías en ellas alguna incongruencia. Recuerdo una muy graciosa sobre Colón. Era algo así: «En un viejo cementerio han encontrado una calavera y los expertos creen que es la de Cristóbal Colón cuando tenía diez años». Otra frase, también muy divertida, iba sobre un tal Andrés que tenía los pies muy grandes y solo podía ponerse los pantalones por la cabeza. Al principio me esforcé por contestar bien las preguntas, pero con el mareo del orujo las letras y los números me bailaban y enseguida empecé a marcar las respuestas al tuntún. A la una nos mandaron entregar los test. Como, gracias a Dios, ya no quedaba tiempo para la clase de Química, nos dejaron salir media hora antes de lo habitual. De camino a casa, Tesa y yo nos llenamos la boca de chicles de clorofila para tapar el tufo a alcohol. A mí el truco me funcionó. Mantuve el tipo como pude durante la comida y por la tarde volví al colegio sin que mis padres notaran nada raro. A Tesa la clorofila le sirvió de poco. Su madre le olió el aliento en cuanto la vio entrar por la puerta y le echó la bronca del siglo. Por culpa del baboso del bar Fortuna, la castigaron sin salir dos fines de semana.

Unos días más tarde nos avisaron de que ya estaban los resultados del test. El psicólogo nos los dio una a una en un despacho que le dejaron las monjas. Yo saqué un sesenta y ocho. Eso, según el informe, me colocaba en el grupo de los medianamente débiles o retrasados, una forma muy educada de decir que me olvidara de estudiar, y de muchas otras cosas, porque no tenía luces ni para predecir las seis a las cinco y media. Dadas las circunstancias, me sorprendió haber obtenido un cociente intelectual tan alto. El psicólogo, sin embargo, parecía preocupado. Revisó mis respuestas con el ceño fruncido, acariciándose absorto la barba. Luego dejó las gafas sobre la mesa —tenían los cristales sucios y las plaquetas cubiertas de sarro verde—, y me preguntó cómo me había sentido haciendo el test. A mí todo aquello me importaba un comino. Todo ese rollo de los cocientes y las pruebas psicológicas. Pura astrología, en mi opinión. ¿Qué relación podía haber entre aquellos estúpidos ejercicios y lo que una pudiera llegar a ser en la vida? Es más, ¿cuántos de los peces gordos que salían a diario en la televisión y en los periódicos se habrían dado cuenta de que no se puede encontrar la calavera de diez años de alguien que murió de adulto? Yo lo que quería era escapar de aquel despacho lo antes posible y volver a la partida de tres en raya que estaba jugando con Tesa en la clase de sor Milagros. Para salir del paso, le dije al psicólogo lo primero que se me ocurrió, que no estaba concentrada durante el test porque la noche anterior no había dormido. Me la había pasado en vela escribiendo un trabajo sobre los etruscos que tenía que entregar por la mañana. «Se me cerraban los ojos», dije, poniendo cara de niña buena. El psicólogo volvió a ponerse las gafas, apoyó los codos en la mesa, entrelazó las manos y me miró con interés. No llevaba anillo de casado. Y era difícil que tuviera novia, pensé, porque ninguna mujer le dejaría ir por ahí con unas gafas tan sucias. Pensé también que su postura explicaba las coderas. «Entonces, habrá que repetir el test», dijo. Yo asentí enfáticamente con la cabeza, como si agradeciera mucho la nueva oportunidad que se me daba. El psicólogo sonrió y, señalando con la mano hacia la puerta, me dijo que podía irme. No sé dónde estará hoy ese informe porque con las prisas olvidé llevármelo. Lo que sí sé es que nunca me llamaron para hacer de nuevo la prueba. Puede que se debiera a un error burocrático. El psicólogo informó de mi caso a las monjas y luego el asunto se traspapeló. Esas cosas pasan en los colegios. Mi teoría, sin embargo, es que el psicólogo se dio cuenta de que le estaba tomando el pelo y, dando por válido el resultado del test, no quiso trabajar más para nada.

Si no recuerdo mal, Tesa sacó un setenta y tres. Ligeramente débil o retrasada. Al igual que yo, había intentado contestar bien las primeras preguntas, pero, al ver que la cabeza se le iba y que las letras y los números no se estaban quietos, había empezado a marcar las respuestas sin pensarlas. Yo no soy ninguna lumbrera. De no ser por el orujo, habría obtenido un resultado mucho mejor que el que obtuve, eso está claro, pero tampoco me habría salido de las tablas. Tesa sí. Tesa era la chica más inteligente que he conocido en mi vida. Sacaba sobresalientes sin abrir un libro, solo escuchando lo que decían los profesores. Lo cogía todo al vuelo, sobre todo las cosas de ciencias, y tenía una memoria de elefante. Por eso no me cabe en la cabeza que ni al psicólogo ni a las monjas les saliera de ojo que aquel informe era un despropósito. A ella no solo le dio igual, sino que disfrutó como una loca con el enredo. Con el psicólogo se hizo la tonta. Le explicó que no había entendido la mitad de las preguntas porque eran muy complicadas. Al contrario que yo, que jamás mencioné el test en mi casa, a ella le faltó tiempo para llevar el informe a la suya. «No veas la cara que puso mi padre —me dijo complacida en clase de Matemáticas, mientras don Amadeo resolvía en la pizarra una ecuación de segundo grado—. ¡Que se joda!»

Durante las semanas siguientes, Pilar y Gonzalo intentaron convencerla de que el resultado del test no significaba nada. Le decían que la inteligencia estaba sobrevalorada, que lo importante en esta vida era trabajar duro y ser constante, que el mundo estaba lleno de gente muy lista que jamás llegaría a ningún sitio. Chorradas así. No te puedes imaginar cuánto nos reímos Tesa y yo con aquella historia. Ahora, al recordarlo, me parece un poco cruel hacerles una cosa así a tus padres, engañarlos de esa forma, pero éramos unas adolescentes y para nosotras la raya que separa la crueldad de la diversión no estaba bien definida. Además, si lo piensas, lo de Pilar y Gonzalo tiene delito. Por más vueltas que le doy, no logro entender la docilidad con que aceptaron que su hija era *borderline*. Me parece increíble que en ningún momento cuestionaran el informe. ¿Cómo es posible que no fueran a hablar con las monjas? ¿En qué cabeza cabe que no indagaran un poco, que no exigiesen que se repitiera el test? ¿Es que no conocían a su propia hija? ¿Acaso no sabían que era más inteligente que ellos dos juntos? Es verdad que en esa época los padres no intervenían tanto como hoy en la vida escolar de sus hijos, pero aun así la reacción de Pilar y Gonzalo me parece incomprensible. Mis padres, estoy segura, habrían puesto el grito en el cielo. Sobre todo mi padre, cuya fe en mí era —y, pese a todo, sigue siendo— absolutamente inamovible. Él, que de lo único que entendía era de zapatos, que creía que yo era un cerebrito porque resolvía problemas de álgebra y sabía dónde estaba Kuala Lumpur, se habría plantado con el informe en el despacho de sor Juana y le habría dicho con enternecedora convicción que había habido un error.

Igual que te digo eso, te digo también que para mí fue un alivio que Pilar y Gonzalo aceptaran sin rechistar el resultado del test. Si se hubieran preocupado un poco por saber qué había pasado, no habrían tardado en descubrir que aquella mañana, cuando se emborrachó durante el recreo, Tesa no había estado sola en el bar Fortuna. El siguiente paso habría sido llamar a mi casa. Vamos, que se habría abierto la caja de Pandora. Se me habría caído el pelo, no solo por ponerme hasta arriba de orujo a las once de la mañana, con solo quince años, sino también por haberles ocultado a mis padres lo de la prueba. No me quiero ni imaginar el disgusto que se habrían llevado. No te lo he dicho, pero en casa, a ojos de mis padres, yo era una niña ejemplar. Enterarse de repente de que todo era una pantomima, de que a sus espaldas yo hacía lo que se me ponía en las narices, les habría causado una decepción enorme.

Durante un tiempo Tesa y yo disfrutamos juntas del embrollo. No sé por qué, nos hacía muchísima gracia que sus padres pensaran que le faltaba un hervor. Supongo que nos divertía que la tomasen por tonta cuando las dos sabíamos que no lo era. Nos gustaba el poder que nos daba esa circunstancia. Saber sin ningún género de duda que estaban equivocados. Pero al final Tesa se aburrió y, que yo recuerde, ya no volvimos a hablar del asunto. A esa edad, ya lo sabes, nada dura demasiado.

A mis padres no les conté nada de esto hasta muchos años más tarde, cuando, después de dar muchos tumbos, me empezaron a ir bien las cosas y ya no había peligro de que pudieran interpretarlo como un antecedente de mi fracaso. Tengo un pequeño restaurante en la calle Amnistía, a un paso de la plaza de Oriente. Mamá Charo, se llama, en honor a mi madre. Fue difícil sacarlo adelante, pero hoy puedo decir con orgullo que no doy abasto con las reservas y hay cola en la puerta todos los días. Pásate cuando quieras. Ahora que hemos hablado, tengo curiosidad por conocerte en persona. De Tesa, como te dije por teléfono, no sé nada desde lo de Pilar, pero entiendo por lo que me cuentas que ella ha mantenido su secreto todo este tiempo. No sé qué decirte. Me da pena sobre todo por Pilar. No me parece justo que se fuera pensando que a su hija le faltaban luces. Pilar era un encanto. No se merecía eso. En cuanto a Gonzalo, nunca fue santo de mi devoción. Mi padre dice que es el hombre más raro que ha conocido en su vida, y sabe de lo que habla porque, como ya te habrá contado él mismo, fueron amigos durante años. Pero su rareza, creo yo, no justifica una mentira tan prolongada, tan gratuita y, en mi opinión, tan cruel. Hacer creer a tus padres que no te llegan las neuronas puede tener su gracia a los quince años, pero luego... En fin, por eso te escribo. Para que le digas a Gonzalo que Tesa estaba borracha cuando hizo el test. Seguro que enseguida ata cabos y se acuerda de aquel mediodía, cuando ella llegó a casa apestando a alcohol. Así que si perdió el norte, como dice él, no fue porque tirase la toalla al descubrir que era cortita. De hecho, yo diría que lo que ocurrió fue lo contrario. Que se abandonó porque era más lista que el hambre y entendía demasiado. Y no me refiero solo a lo que decían en clase los profesores. Pero no es más que una conjetura. Si, como dices, quieres saber la verdad, tendrás que preguntarle a ella.

ARIEL

Pilar se murió a las seis de la tarde, mientras Estefanía le estiraba las sábanas. Abrió los ojos de repente, como si fuera a decirnos algo. Enseguida los volvió a cerrar, tomó aliento y exhaló un suspiro largo y silbante, cuyo eco aún me despierta a veces por las noches. Llevábamos semanas preparándonos para ese momento. Meses, en el caso de Tesa y mío. Sin embargo, ahora que había llegado, pareció coger por sorpresa a todos los que estábamos en la habitación. Estefanía se quedó inmóvil unos segundos, con una mano en la boca y la otra apoyada en la cama. Luego se inclinó sobre Pilar y le palpó el cuello para comprobar si tenía pulso.

—Pobrecita mía —susurró, negando con la cabeza.

Hacía un calor pegajoso, que la ventana abierta no lograba mitigar. Por la habitación revoloteaba desde hacía rato un moscón muy molesto. Chocaba con tozudez contra el espejo desconchado del armario. Se posaba zumbando en la lámpara de la mesita, en el gotelé, en la tulipa del techo, en las cortinas.

—Que Dios la acoja en su seno —dijo el padre Colomo, y se santiguó tres veces.

Su voz sonó tan mecánica que no pude evitar preguntarme si de verdad se creía lo que decía, si, con lo mayor que era, después de tantos enfermos y extremaunciones, la muerte seguía causándole algún tipo de conmoción. Acababa de tomarse el café con bizcochos que le había traído Fuensanta y aún tenía la servilleta enganchada en el alzacuellos. Se la quitó de un tirón y, no viendo un sitio mejor donde ponerla, se la metió en un bolsillo de la sotana. Luego juntó las palmas de las manos, entornó los ojos y rezó:

—Señor, te encomendamos el alma de tu sierva Pilar...

El moscón intentaba salir de la habitación. Impactó varias veces contra una de las hojas de la ventana, hasta que encontró el espacio abierto y se perdió en la calima con un zumbido menguante.

—Hay que avisar al doctor Uribe —dijo Estefanía, sin dirigirse a nadie en particular.

Salvador, que hasta entonces había guardado una compostura modélica, rompió en un llanto convulso. Le temblaba todo el cuerpo. Las lágrimas le resbalaban por las mejillas enrojecidas y le mojaban el cuello y la parte frontal de la camisa milrayas. Entre espasmos, con una tristeza sofocante, nos dijo a Tesa y a mí que lo sentía muchísimo. Puede que solo sea una impresión mía, pero lo dijo de tal forma que, más que expresar su condolencia, parecía estar pidiendo perdón, como si Pilar se hubiera muerto por su culpa.

—Gracias —respondí como pude.

—... y te suplicamos, Cristo Jesús, Redentor del mundo, que no le niegues la entrada en el regazo de tus patriarcas... —siguió rezando el padre Colomo.

—Voy yo —dijo Tesa.

Estaba sentada entre el padre Colomo y yo, en la silla de mimbre en la que, antes del cáncer, Pilar solía leer sus revistas de moda y ver la televisión. Pese al calor, llevaba puesta una blusa de manga larga, imagino que para esconder los cardenales amarillentos que le habían salido en los brazos.

—¿Qué vamos a hacer ahora? —dijo con los ojos arrasados, cogiendo mi mano entre las suyas.

Se levantó y, apartando la vista de la cama, echó a andar hacia la puerta. Allí se topó con Gonzalo, que debía de haber oído al padre Colomo desde el cuarto de estar, donde estaba la familia con el resto de las visitas, y había venido a ver qué ocurría. Intentaron esquivarse bajo el dintel, como dos peatones indecisos al converger en un cruce. Por fin Tesa logró deslizarse por un lateral y desapareció en la penumbra del pasillo. Gonzalo miró a Salvador, que seguía llorando con la cara hundida en las manos. Luego se volvió hacia la cama con un gesto impenetrable. Daría lo que fuera por saber qué sintió al ver que Pilar ya no estaba, que lo único que quedaba de ella tras la agonía de los últimos meses era un escapulario ajado y un despojo de piel y huesos que apenas hacía bulto bajo las sábanas recién estiradas. Daría lo que fuera, también, por saber qué sentí yo. Al principio, creo que nada, o al menos algo muy parecido a la nada. Una especie de vacío vibrante que me envolvió como un abrazo no deseado. Luego, mucha confusión, y vértigo, sobre todo cuando de pronto la habitación se llenó de gente que no paraba de llorar y lamentarse.

Me has pedido que sea preciso. Dices que quieres conocer los detalles. Bien, pues esto es lo que recuerdo de lo que pasó a continuación. Recuerdo al doctor Uribe tapando la cara de Pilar con la sábana y me recuerdo a mí intentando destaparla otra vez para que no se ahogase y recuerdo a Estefanía abrazándome y susurrándome palabras de consuelo y llevándome del brazo hasta la silla de mimbre. Recuerdo a Fuensanta recibiendo pésames con los ojos hinchados de tanto llorar. Al tío Gastón hablando de Dios sabe qué con Gonzalo. A Ginés mirando asustado a su alrededor, como un niño perdido en una estación abarrotada. A Chus secándose las lágrimas con un pañuelo de cuadros. Al padre Colomo hablando del cielo, del descanso eterno y de la luz perpetua del Señor con la servilleta manchada de café colgada del bolsillo. A Salvador diciéndome en voz muy baja, con la cara pegada a la mía, que si Tesa y yo necesitábamos algo, lo que fuese, no teníamos más que pedírselo. A la tía Milagros dándose aire con un abanico roto. Recuerdo el calor y los cercos húmedos en las axilas del doctor Uribe y el colmillo de Fran —el conductor de la ambulancia— pendiendo del cabecero de la cama y el olor a sudor en el ambiente y, de pronto, imponiéndose sobre el murmullo de la habitación y sobre el fragor de mi cabeza, la voz de una mujer gritando en la calle: «¡No corras tanto, hija, que ya no puedo con mi alma!».

A las siete llegó Pepe Galindo, el de la funeraria. Tras las condolencias de rigor, se acercó a Gonzalo y, abriendo ante él una carpeta llena de folletos, empezó a explicarle las opciones que había para el velatorio. Al ver que Gonzalo no le prestaba atención, le tocó comprensivamente el hombro, miró a su alrededor en busca de un interlocutor más receptivo y se fue derecho hacia Fuensanta. Una vez más, como en Madrid cuando Pilar cayó enferma, fue ella la que se ocupó de todo. Eligió el ataúd. La lápida. Las flores. Decidió que el funeral iba a ser a las doce del día siguiente en la iglesia de San Dimas. Dictó el texto de la esquela. Firmó lo que le pidieron que firmase. Incluso, yo creo que por inercia, quiso echar una mano cuando los dos operarios de la funeraria se disponían a cargar el cuerpo de Pilar en la camilla para llevárselo.

—No se preocupe, señora —le dijeron, apartándola con delicadeza—. Ya lo hacemos nosotros.

Más tarde, la pandilla vino a verme al tanatorio. Me abrazaron uno a uno y estuvieron un rato conmigo, sin saber muy bien qué hacer o qué decir, tan abrumados como yo por las circunstancias. Marieta estaba tan impresionada que le dio un vahído y Bruno tuvo que sacarla a la calle para que se despejara. Cada poco irrumpía alguien en nuestro corro para darme el pésame. A algunas de esas personas las conocía, pero a otras no las había visto jamás. Se presentaban como viejos conocidos de Pilar, o como miembros recónditos de la familia, y me hablaban con una confianza que me desconcertaba, como si supieran quién era yo mejor que yo mismo.

Entre unas cosas y otras, no cobré plena conciencia de lo que había pasado hasta las once, cuando Fuensanta me dio un beso en la mejilla y me dijo que me fuera a casa con Tesa. Camino de la puerta, miré una última vez hacia el ataúd, que descansaba sobre un soporte metálico tras la mampara de cristal, flanqueado por varias coronas y dos grandes ramos de lirios azules. Pepe Galindo había recomendado dejarlo abierto para facilitar los adioses finales, pero Fuensanta se había negado en redondo, arguyendo que aquel cadáver demacrado no se parecía a su hija. «Sería —dijo— como despedirse de una extraña.» Mientras Tesa y yo nos íbamos, me di por fin cuenta cabal de que Pilar estaba ahí dentro, atrapada para siempre entre esas tablas barnizadas. Comprendí que, cuando llegáramos a casa, no la íbamos a encontrar en la cama ni en su silla de mimbre ni en ningún otro sitio. A partir de ese instante, si quería hablar con ella, si deseaba ver su cara o escuchar su voz, iba a tener que hacerlo a través de la memoria. Quieres que sea preciso, lo sé, me lo has dicho muchas veces, pero, por más que las busco, no encuentro las palabras para hacerte entender lo que sentí entonces. ¿Cómo explicar un desamparo tan hondo? La vida se me rompió en mil pedazos. Se me derrumbó como una casa sin vigas. En un chasquido de dedos perdió su consistencia, su estructura, sus límites. No sé decirlo de otro modo, perdona mi ineptitud.

En la calle arreciaban las fiestas. Tesa y yo caminamos en silencio a través del gentío, sorteando parejas entrelazadas, cuadrillas de borrachos y familias que arrastraban globos de helio y comían algodones de azúcar. El aire olía a vino y a aceite de buñuelos. Por encima del bullicio se oían, procedentes de la feria cercana, las sirenas de las atracciones y la charla amplificada de la tómbola. Al pasar por la heladería Venezia me paré ante la cabina de teléfonos y le dije a Tesa que tenía que llamar a Noemí. Llevaba toda la tarde pensando en ella. De hecho, yo creo que, si sobreviví a esa tarde funesta, si el desamparo no me mató por dentro, fue gracias a que, en ningún momento, ni cuando el doctor Uribe le tapó la cara a Pilar con la sábana ni cuando mis amigos me abrazaban ni cuando todos aquellos desconocidos me daban el pésame y me decían qué gran persona había sido mi madre, dejé de tenerla presente.

—¿Te espero? —dijo Tesa.

—No, tranquila. Nos vemos en casa.

Tardé unos segundos eternos en encontrar el número de Santander. La madre de Noemí me lo había dado la última vez que estuve en su casa, pero, por más que me esforzaba, no lograba recordar qué había hecho con el pósit donde lo había apuntado. Lo busqué en vano en todos los bolsillos del pantalón. Miré sin éxito en la billetera. Por fin lo encontré en el fondo del monedero, emparedado entre dos monedas de cincuenta pesetas. Descolgué aliviado el teléfono. En la plaza del Foro acababa de empezar un concierto de *rock*. El estruendo era tal, que no se oía el tono de la línea. Metí las monedas en la ranura. Marqué el número. Me apreté el auricular contra la oreja. Tras una breve espera, me pareció que alguien decía algo al otro lado. «¿Noemí?», grité a tientas. Los cristales de la cabina temblaban a causa del ruido. Un chico con la camiseta empapada de vino alzó el pulgar y me sonrió torpemente desde la calle. «Noemí, ¿eres tú?», insistí, sin hacerle caso. Al no obtener respuesta, pensé que se había cortado la comunicación. Me disponía a colgar y a marcar de nuevo cuando, esta vez con más claridad, surgió de entre el estrépito la débil voz de Noemí. Irritado por mi indiferencia, el chico de la calle se acercó a la cabina y me hizo un corte de mangas. «Se ha muerto mi madre», dije, tapándome el oído libre con el dedo para tratar de bloquear el estruendo de la batería y las guitarras eléctricas. Y ya no pude decir nada más porque me lo impidieron las lágrimas. El chico me miró con las cejas levantadas, basculando como un tentetieso en medio del río de gente. Alzó las manos en señal de inocencia y desapareció.

JAVI

Vinieron a buscarnos al Aqualung.

Estábamos sentados en los pufs de arriba, reponiéndonos del mal rato que habíamos pasado en el tanatorio, cuando de pronto el ambiente se enrareció. Los clientes del piso de abajo pararon de hablar y se volvieron hacia la entrada, que estaba fuera de nuestro ángulo de visión. Se oyeron voces agitadas provenientes de la calle y varios golpes en la luna. Una pelea, pensamos. Eran habituales durante las fiestas. La gente bebía de más y se liaba a trompadas por cualquier tontería. Entonces apareció Delfín en la escalera. No estábamos de humor para su matraca de siempre. La muerte de Pilar nos había afectado mucho y lo que menos necesitábamos en ese momento era que el camarero viniera a reñirnos, aunque fuese de boquilla, porque ya llevábamos un rato sin consumir. Unos segundos después, sin embargo, todos habríamos preferido que hubiera sido a eso a lo que había subido.

—Afuera preguntan por vosotros —dijo Delfín muy serio, con el flequillo blanco tapándole un cristal de las gafas.

—¿Quién? —dijo Raúl.

—El Cuco y compañía.

Miré otra vez a la planta de abajo. Entre la gente que se había vuelto hacia la entrada distinguí a Queta, la tía de los gemelos. Estaba con tres amigas, tomando un chocolate con churros en una mesa. Me llamó la atención que las cuatro tuvieran el pelo teñido del mismo color caoba. Las imaginé sentadas en fila en la peluquería, hojeando el *Hola* o el *Pronto,* charlando animadamente con la cabeza metida en las secadoras.

—Pues diles que aquí estamos —dijo Bruno en tono desafiante, pero no pudo evitar que la voz le temblara un poco.

—Ni hablar. No quiero líos en la cafetería —dijo Delfín.

—¡Salid si tenéis cojones, pijos de mierda! —gritó alguien en la calle.

—¿Qué hacemos? —dijo Sole, asustada.

—Pues qué vamos a hacer: salir —dije yo.

—¿Para qué? ¿Para que nos peguen una paliza? Yo no bajo ni de coña —dijo David.

—Ni yo —dijo Marieta.

Pero yo insistí. Les dije que no podíamos pasarnos la vida acoquinados por aquellos chicos, que tarde o temprano íbamos a tener que plantarles cara. Incluso —y no sabes cuánto me avergüenza recordarlo— les solté eso de que prefería morir de pie antes que vivir de rodillas. Y al final los convencí.

—Vosotras quedaos aquí —les dije a las chicas y, levantándome con decisión del puf, guie a los chicos hacia las escaleras.

Debo aclarar que a mí la violencia me horroriza. Me falta el instinto para ejercerla, y ser testigo de ella me revuelve por dentro hasta tal punto que una simple refriega puede llegar a quitarme el sueño durante días. Solo me he pegado una vez, en el colegio. Estábamos en clase de Matemáticas y, no me preguntes por qué, pues yo también sacaba buenas notas, se me ocurrió llamarle empollón a mi compañero Ciro López mientras solucionaba en la pizarra un problema de trigonometría. «A la salida te espero», respondió Ciro inesperadamente, en voz alta para que todo el mundo lo oyera. Pasé el resto de la clase encogido en el pupitre, deseando no haber abierto la boca porque, entre otras cosas, Ciro me sacaba una cabeza. Una vez en la calle, se formó un círculo a nuestro alrededor. Yo levanté los puños para protegerme, como había visto hacer tantas veces a los personajes de las películas. Ciro no se anduvo con contemplaciones. Me soltó una única bofetada que me tiró al suelo en el acto y, para decepción de los presentes, que seguramente esperaban un poco más de espectáculo, puso fin a la disputa. Me fui a casa con la mejilla inflamada y un pitido en el oído, jurándome a mí mismo que jamás volvería a insultar a nadie.

Te preguntarás entonces por qué, con ese historial tan poco heroico, tomé la iniciativa esa noche, por qué convencí a la pandilla para enfrentarnos al Cuco y sus amigos. Lo hice, en primer lugar, porque de verdad estaba harto de que se metieran con nosotros y nos estropearan sin necesidad el verano. Mi plan al bajar con los demás las escaleras del Aqualung no era pelearme —ya te he dicho que no tengo ese instinto—, sino hablar pacíficamente y, a ser posible, zanjar de una vez por todas aquella enemistad sin sentido. Pero si me metí en ese jardín fue sobre todo para impresionar a Sole. Estaba loco por ella, aunque ella no parecía darse cuenta, y no quería que pensase que era un cobarde. Aquella noche, además, estaba especialmente guapa. Se había puesto un vestido negro muy elegante para ir al tanatorio y le brillaba la piel como una lámina de bronce mojado. Esto te va a sonar raro, pero a Sole le sentaba bien la tristeza.

—Tened cuidado. Esos chicos son mala gente —dijo Delfín mientras bajábamos.

Al vernos pasar en fila india entre las mesas, Queta dejó la taza de chocolate en el platillo y saludó a sus sobrinos con la mano. Al principio no relacionó nuestra bajada con los gritos que venían de la calle. Le preguntó a David que a dónde iba sin jersey, con el frío que iba a hacer más tarde. Al darse cuenta de pronto de que era a nosotros a quienes increpaban, se levantó haciendo chirriar la silla y se nos acercó exigiendo saber qué pasaba. Detrás de ella aparecieron las chicas. Me molestó un poco que no me hubieran hecho caso, pero enseguida consideré que quizás era mejor así, que de esa forma, estando ellas presentes, podía ganar más puntos ante Sole. Dios mío, las idioteces que se le ocurren a uno cuando está enamorado.

He tardado tanto en contestarte porque me daba pereza ponerme a hurgar en el pasado. Además, no sabía bien qué querías que te contase. Ahora que me he puesto a ello, debo darte las gracias porque escribir me está ayudando a entender algunas cosas importantes. Por ejemplo, que la memoria va por libre. Por más que nos empeñemos en domesticarla, hace siempre lo que le viene en gana. Lo digo porque lo normal en este caso, creo yo, sería recordar algún detalle transcendente, como, por ejemplo, los rostros graves que traían las chicas, tan llenos de preocupación por lo que podía ocurrir y de la pena que arrastraban del tanatorio. Pero no. Resulta que, para mi propia sorpresa, lo que con más claridad recuerdo de ese instante decisivo es lo bien que olían todas al cruzar el silencio tenso de la cafetería. Si cierro los ojos, aún puedo sentir el aroma a Eau Jeune, Heno de Pravia y Moana. Como te digo, la memoria tiene una agenda propia.

Al primero que vi en la calle fue a Milo. Tenía sucio el apósito que le habían puesto en la frente y se le había soltado una de las tiras de esparadrapo que lo sujetaban. Iba en pantalón corto, lo que le hacía parecer más pequeño aún de lo que era. Llevaba un vendaje en el tobillo y el cordón de una de las Keds desatado. Te va a parecer cándido por mi parte, pero hasta ese momento no se me había pasado por la cabeza que la visita del Cuco pudiera guardar conexión con el incidente de la bicicleta. Aquella noche habíamos llevado a Milo al ambulatorio y lo habíamos cuidado como si fuera uno más de la pandilla. Esperamos con él en Urgencias. Marieta pidió permiso para entrar con él en la sala de curas y le cogió la mano mientras le cosían la herida. Luego lo acompañamos en grupo hasta su casa. Al despedirse, el pobre chaval nos dio las gracias delante de sus padres. Mirando con pesadumbre el manillar deformado de la bicicleta, nos dijo que lo sentía mucho, que había sido culpa suya. Entendimos entonces que, con el desbarajuste de la caída, no se había dado cuenta de que Ariel lo había empujado adrede.

El que sí se dio cuenta fue el Cuco. Lo supe en cuanto lo vi plantado en la acera junto a Milo, con su camiseta de los Rolling Stones, la cazadora negra de siempre y un puño americano en los nudillos. Detrás, respaldándolos como un ejército, estaban los otros: el Rata, Miguelón, Dani y tres o cuatro chicos más. Uno de ellos, no recuerdo su nombre, tenía en la mano una cadena oxidada. El estómago me dio un vuelco y tuve que apoyarme en el marco de la puerta porque me temblaban las piernas.

—¿Qué queréis? —dijo Raúl.

—¿Pero qué es este jaleo? —preguntó Queta.

Miraba a unos y otros confusa, cada vez más alterada. Algunos clientes del Aqualung, incluidas sus tres amigas, se habían acercado al cristal para ver mejor qué pasaba. También en la acera empezaban a juntarse los curiosos. Se paraban a una distancia prudencial y observaban la escena en silencio, como si se tratara de una función callejera.

—Decidle a Ariel que salga —exigió el Cuco.

Parecía que la boca estampada en su camiseta nos estuviera sacando la lengua a nosotros.

—No está —respondió Borja.

—No me jodas, chaval, que no estoy para gilipolleces.

—De verdad, no está —corroboró Marieta.

Sentí vergüenza de mí mismo. Habíamos bajado por iniciativa mía y, sin embargo, eran los demás los que estaban dando la cara. Yo seguía temblando junto a la puerta, mudo, paralizado por el miedo.

—Dale una hostia, hombre —dijo el Rata.

—Ni se os ocurra tocar a estos chavales —dijo la tía Queta.

—Señora, no se meta, que no es asunto suyo.

Nadie dijo que la razón por la que Ariel no estaba era que acababa de morirse su madre. Que yo recuerde, nunca llegamos a comentarlo después, así que no puedo hablar por los otros. Yo no di explicaciones porque estaba aterrorizado. Y no sabes cuánto me arrepiento. Algo me dice que, si hubiera dado un paso al frente y les hubiera dicho la verdad, que Ariel estaba en el tanatorio velando los restos de Pilar, habría evitado todo lo que sucedió luego. Aquellos chicos nos odiaban, pero, a diferencia de lo que pensaba Delfín, no creo que fueran tan mala gente como para ignorar una desgracia así. Estoy casi seguro de que, si hubiera hablado, se habrían ido por donde habían venido y no habrían vuelto a molestarnos, al menos por un tiempo. Pero ni yo ni nadie dijimos nada y el enfrentamiento siguió su rumbo sin obstáculos.

—Se acabó —dijo el Cuco, y echó a andar hacia Borja con el puño americano en el aire.

Le habría abierto la cabeza de no ser por Queta, que se interpuso en su camino. No sé cómo pudo moverse tan rápido. Imagino que el peligro y el instinto de protección le dieron una agilidad que no tenía en circunstancias normales, como esas madres que en situaciones extremas hacen proezas insólitas para salvar a sus hijos. En un abrir y cerrar de ojos se abrió hueco entre nosotros, saltó a la acera y se plantó delante del Cuco con un ímpetu que nos dejó boquiabiertos. El Cuco dio dos pasos más por la inercia, con Queta retrocediendo pegada a la lengua burlona de su camiseta. Luego se paró y, sin saber bien qué hacer, bajó el puño.

—Apártese, señora —dijo, tan perplejo como nosotros.

—Basta ya —dijo Queta.

—¡Dejad en paz a los chicos! —gritó alguien entre los curiosos.

Eran ya tantos que habían acabado por taponar la calzada. Al bullicio natural de las fiestas se sumaron entonces los bocinazos de varios coches pidiendo paso. Al otro lado de la calle se alzaba el muro de la iglesia de San Dimas. En la parte superior había incrustada una bola de hierro. Las guías turísticas decían que era una bala de cañón disparada por los franceses en la guerra de la Independencia, pero a mí me habían contado otra historia. A mí mi padre me había dicho que, en realidad, era una bola grande de petanca y que la había puesto ahí de joven mi bisabuelo al volver a casa una madrugada después de una borrachera. También decía que todo ese asunto de las ruinas romanas era un engaño, un cuento chino de los del Ayuntamiento para atraer visitantes al pueblo y llenar las arcas. Vete tú a saber. El caso es que la bola de hierro estaba oxidada, como el trozo de cadena con que aquel chico pretendía pegarnos. Segregaba unos hilos de sudor caprichosos, del mismo tono rojizo, me pareció a mí, que el pelo teñido de Queta. Una vez más, la memoria y sus caprichos.

—Qué vergüenza, empujar así a una señora —dijo una mujer con un niño en brazos.

—No la he empujado, joder, se me ha echado ella encima —se defendió el Cuco, cada vez más confuso.

Entonces se abrió un surco entre la gente y aparecieron en la calzada dos policías municipales. A uno ya lo conocíamos porque nos paraba a menudo cuando íbamos con las motos y nos amenazaba con multarnos por exceso de velocidad. Recaredo, se llamaba. Era corpulento, con una mata de pelo que le asomaba como un ovillo enmarañado por el botón abierto de la camisa. Al otro no le habíamos visto antes, por lo que supusimos que lo habían traído de refuerzo para las fiestas. Tenía la espalda muy recta y llevaba los pulgares metidos en el cinturón. El Cuco lanzó una mirada rápida a sus amigos. Se volvió y, apuntándonos con el dedo, en un tono lo bastante alto como para que le oyéramos nosotros, pero no los policías, dijo:

—Decidle que lo espero mañana a las dos en la chopera de la Culebra. Que baje solo. Esto es entre él y yo.

Hizo un gesto a los demás con la barbilla y, antes de que los policías tuvieran tiempo de preguntar qué pasaba, se escabulleron todos entre el gentío. Bueno, todos menos Milo, que tardó un instante en seguirlos porque cojeaba un poco y, además, al ponerse en marcha, se pisó el cordón suelto de la zapatilla. Estuvo a punto de caerse al suelo. Cuando recobró el equilibrio, se volvió hacia nosotros y dijo algo que, con el ruido de la calle, no oímos. Esto sí que lo hablamos después y la impresión general fue que había dicho «lo siento».

Los curiosos se dispersaron enseguida. Despejaron la calzada y, tras unos segundos de murmullos y pitidos de claxon, la noche recobró su pulso. Los policías debieron de pensar que no había sido más que un conato, uno de tantos chispazos sin fuego provocados por las fiestas, porque hicieron un saludo militar y siguieron su ronda sin inmutarse. La que sí se inmutó, y mucho, fue Queta. Al darse cuenta de la temeridad que había cometido, sufrió una bajada de tensión y tuvimos que sujetarla para evitar que se viniera abajo. Bruno y David la llevaron de vuelta a su silla. Estaba blanca como la cera. Una de sus amigas le dio aire con un abanico. Otra pidió una Coca-Cola en la barra y le hizo beber un trago con la ayuda de una pajita. Cuando se sintió mejor, Queta nos ordenó no volver a acercarnos nunca a esos maleantes, como si hubiera sido idea nuestra enfrentarnos a ellos en la calle. Subimos al piso de arriba y nos sentamos cabizbajos en los pufs a terminar las bebidas que, con la interrupción, habíamos dejado a medias en la mesa. Poco a poco empezamos a hablar, a contarnos unos a otros lo que acababa de suceder, como si los demás no hubieran estado. Nadie me recriminó nada. Ninguno de mis amigos me echó en cara el haberlos incitado a bajar para luego quedarme callado como un niño medroso. Pero yo sí lo hice. Fue mi primer encontronazo con mi carácter, la primera desavenencia grave entre la persona que quería ser y la que era. Me invadió una tristeza nueva, de adulto. Supe que a partir de entonces mi vida iba a ser una lucha constante y, muy probablemente, sin vencedores. Recordé el rato que habíamos pasado en el tanatorio. Vi en mi mente a los familiares llorosos. Oí el murmullo de los pésames. Contemplé las flores. Traté de ponerme en la piel de Ariel. Imaginé que mi madre se moría, pero tuve que parar enseguida porque empecé a marearme. En ese momento subió Delfín para preguntarnos si queríamos tomar algo más. Llevaba la bandeja vacía bajo el brazo, como si fuera un libro. Sole le dijo que no, que ya nos íbamos. Aproveché ese instante para mirarla sin que ella me viera. Me perdí en su gesto apenado. En su piel bronceada. En la línea recta de su mandíbula. La tristeza de adulto aumentó. Se hizo sólida. Nos levantamos de los pufs y, mientras bajábamos la escalera, supe otra cosa sobre mi futuro. Supe que, después de mi comportamiento de esa noche, Sole nunca me correspondería. Por culpa de mi carácter, la había perdido antes de llegar a tenerla.

TESA

Ariel y yo cenamos juntos en la cocina. Nos repartimos las tareas en silencio, sin consultarnos. Él puso la mesa y preparó una ensalada de atún. Yo saqué la sartén, me cubrí la cabeza con un pañuelo de Fuensanta y freí unos huevos. Mientras comíamos, quise preguntarle por Noemí. Llevaban un año saliendo y me habría gustado saber qué tal les iba, pero al final no dije nada. Hundí un trozo de pan en el huevo y me quedé pensativa viendo cómo la yema se rompía y se extendía por el plato, recordando aquella noche, ya tan distante, en la que Pilar se rio. Estuve a punto de echarme a llorar, pero me contuve. Bebí un sorbo de agua. Levanté la vista y, casi sin darme cuenta, empecé a contarle a Ariel mi primer acto de insubordinación.

—Tú no te acordarás porque eras un mico —le dije.

Había ocurrido una noche de diciembre de hacía trece años. Veníamos de no sé dónde y, al pasar por delante de una tienda de muebles, me había llamado la atención un mono de juguete que había en el escaparate. Estaba vestido de Papá Noel y daba vueltas agarrado a un trapecio.

—Me acuerdo —dijo Ariel.

—Es imposible.

—No, de verdad, me acuerdo. Había espumillón por los muebles.

—Sí.

—Y al gorro de Papá Noel le faltaba el pompón.

—¿Cómo puedes acordarte de eso?

—No sé.

Yo me había acercado a la luna para ver mejor cómo giraba el mono. Estaba fascinada. No quería moverme de allí, pero Pilar me agarró del brazo y me dijo que no era momento de pararse porque hacía mucho frío. «Ya lo verás mañana», añadió para consolarme. No paré de protestar mientras ella tiraba de mí por la acera. Seguí quejándome en casa, durante la cena. Me puse tan pesada que al final Gonzalo y Pilar se enfadaron y me mandaron a mi habitación sin postre.

—Tuvieron que alucinar porque hasta entonces yo había sido una niña modélica.

Tumbada en la cama, no dejaba de pensar en aquel mono trapecista. Deseaba con todas mis fuerzas estar de nuevo ante él para admirar sus giros hipnóticos. Temía que al día siguiente ya no estuviera en el escaparate, o que siguiera allí pero hubiera dejado de balancearse en el trapecio. No me bastaba con verlo: quería verlo en movimiento. Incapaz de soportar aquella tortura un minuto más, salí de mi habitación sin hacer ruido y, mientras Gonzalo y Pilar veían la televisión en el cuarto de estar, salvé el pasillo a hurtadillas, me puse la trenca, cogí un juego de llaves que había en el mueble de la entrada y me lancé a la calle. Estaba tan agitada que no sentía el frío. Corrí a toda velocidad por las aceras desiertas y, exhalando nubes de vaho, me detuve por fin ante el escaparate. Allí seguía el mono. Girando. Girando. Girando. Lo observé con ansia, con una avidez multiplicada por la impaciencia y por la sensación de estar haciendo algo prohibido. Ajena a la noche, a la calle silenciosa, al aire gélido que me quemaba la cara, me sumí por completo en el asombro de aquella acrobacia perpetua.

La emoción, sin embargo, duró poco. Al cabo de unos minutos, ocupó su lugar una profunda sensación de vacío. De pronto perdí el interés. Una vez colmado el deseo, dejó de atraerme aquel juguete mecánico.

—Me aburrí —dije, y de pronto comprendí por qué le había contado a Ariel esa anécdota: porque quería que fuera mi cómplice, que empezara a entender cosas de mí que hasta entonces nadie había entendido.

Nos quedamos un momento callados. Luego dije:

—¿Te acuerdas del Tobas?

—Claro. El *rockabilly*.

El Tobas era un novio que yo había tenido hacía tiempo. Un chico muy guapo, con un tupé a lo John Travolta y unas pestañas rizadas que le hacían parecer siempre sorprendido.

—¿Sabes lo que me dijo una vez?

—¿Qué?

—Que yo estaba con él por rebeldía, para fastidiar a papá.

—¿Y tú qué le dijiste?

—Que no era verdad.

Ariel me miró muy serio, esperando a que siguiera.

—Yo no pienso en papá cuando hago las cosas. Las hago porque me apetece. Me molestó tanto que me lo dijera que ya no volví a mirarlo con los mismos ojos. Yo creo que le acabé dejando por eso.

Ariel se levantó, echó a la basura los restos de la cena con ayuda de un tenedor y apiló los platos en el fregadero. Se sentó otra vez y, tras un largo suspiro, dijo:

—¿Y qué pasó cuando volviste?

—¿De ver al mono?

—Sí.

—Pues que me cayó la bronca del siglo, ¿no te acuerdas?

—No, de eso no me acuerdo.

Y, por primera vez en mucho tiempo, nos reímos.

La cocina estaba en la zona interior de la casa, separada de la calle por el pasillo y una sucesión de paredes. El bullicio de las fiestas llegaba hasta nosotros muy amortiguado, como un murmullo de fondo. Arropados por la quietud, hechizados por el resonar de nuestras voces en aquel ámbito azulejado y tibio, empezamos a hablar de Pilar. De aquella vez en la piscina que, creyendo haber perdido las gafas de sol, se levantó de un salto de la silla plegable y se puso a buscarlas por todas partes, preguntando a unos y a otros, escudriñando el césped, sin darse cuenta de que las llevaba en la cabeza. O de aquella otra que yo me puse a imitar el balido de una oveja mientras tomábamos un chocolate con churros en San Ginés y a Pilar le entró tanta risa que estuvo a punto de caerse de la silla. Hablamos de la ilusión que le hacía vernos pedir los regalos a los Reyes en la fiesta de Navidad que organizaban cada año los empleados de Galerías Preciados. De cómo, sin darse cuenta, le cambiaba la expresión de la cara según lo que estuviera viendo en la televisión. Esa noche, en la cocina, Ariel y yo sellamos un pacto tácito: no dejar nunca de hablar de Pilar. Porque, aunque aún éramos muy jóvenes, ambos habíamos descubierto ya que no es la muerte la que mata, sino el olvido. Al acabar de cenar, fregamos los platos, nos dimos un abrazo y nos fuimos a la cama.

Pasé una noche muy mala. Por el paseo de la muralla no paraban de transitar borrachos y pandillas vociferantes. A eso de las tres de la madrugada sentí llegar a Gonzalo. Le oí lavarse los dientes en el cuarto de baño. Poco después me pareció escuchar el chirrido del somier al recibir su peso. Apreté los ojos y, acuciada por la negrura, percibí en el aire el olor almizclado de su *after shave*. Entonces me dije a mí misma algo que nunca habría tenido el valor de decirme a plena luz del día. Me dije que la muerte se había equivocado y era a él a quien se tenía que haber llevado el cáncer. Me avergüenzo de haber tenido un pensamiento tan ruin. Al fin y al cabo, estoy hablando de mi padre. Pero no quiero mentirte. Por unos segundos, deseé que estuviera muerto. Ahora que Pilar no estaba, pensé, no me unía a él ningún lazo firme. Sin mi madre, Gonzalo y yo no éramos nada. Dos extraños que vivían bajo el mismo techo. No me dormí hasta el amanecer, pero ni siquiera entonces pude descansar un poco. Soñé que alguien, no sé quién, me perseguía por un laberinto de callejuelas vacías.

En mi huida doblaba esquinas, miraba hacia atrás angustiada, corría y corría con los pulmones en la boca.

Me despertó el timbre de la puerta. Miré el reloj: eran las nueve de la mañana. Al principio no reaccioné. Me quedé muy quieta esperando a que alguien abriese, notando en el pecho los latidos de mi corazón. El timbre sonó de nuevo, esta vez con impaciencia. Salí de la cama, me puse las zapatillas y me encaminé hacia la puerta pensando que sería algo relacionado con el funeral. En el *hall* me encontré con Ariel. Estaba en pijama junto a la puerta abierta, mirando confuso hacia el rellano desierto de la escalera. En la mano tenía una hoja de papel.

—¿Quién era? —dije, extrañada, sintiendo en las piernas el frescor de una corriente de aire.

Ariel me alargó la hoja.

Era una simple cuartilla apaisada, con los bordes un poco ajados. En la esquina superior izquierda ponía «Ministerio de Defensa». Abajo, escrito a máquina junto a un garabato en tinta azul, aparecía el nombre de un capitán apellidado Betancur. En el centro, brillando como bengalas entre varios párrafos de texto apretado, unas mayúsculas subrayadas declaraban a Ariel inútil para el servicio militar.

CHUS

Hoy las cosas han cambiado mucho, pero antes, cuando Pilar y yo éramos jóvenes, solo había dos formas de escapar de Tabira si eras chica: casándote con alguien de fuera —como hizo Pilar— o quitándote de en medio. No lo digo en broma. Aún se me pone la carne de gallina al acordarme de Chiqui Godoy, aquella muchacha que se echó al tren. La última persona que la vio con vida fue Plinio, el lechero. Se la encontró mientras hacía el reparto cerca del paso a nivel de Rectivía. Según contaría más tarde, le extrañó un poco verla sola tan a desmano, pero, fuera de eso, no notó que le pasara nada. Cuando se cruzaron, Chiqui lo saludó con cordialidad. Incluso hizo un comentario sobre lo bueno que hacía para ser octubre. Un par de minutos después, Plinio oyó el topetazo y el largo chirrido del tren al frenar en seco sobre los raíles. «Se ha tirado a la vía», se dijo en voz alta. El cuerpo quedó tan despedazado que hicieron falta varias horas para recomponerlo. Entre los jirones de la falda se encontró una nota casi ilegible por la sangre en la que Chiqui decía que prefería matarse a seguir pudriéndose en Tabira.

Y es que, en aquellos años, Tabira era un pueblo muy aburrido, sobre todo en invierno, cuando el frío se adue ñaba de todo y lo único que parecía estar vivo en la calle era el cierzo, que aullaba sin cesar y formaba remolinos de hojas en las esquinas. Había tan poco que hacer que casi nos parecía una fiesta ir a misa los domingos, y eso que el padre Colomo era famoso por sus sermones soporíferos. También nos entretenía ver cómo, palada a palada, los obreros iban desenterrando las ruinas en la plaza del Foro. Nos agarrábamos a la verja que cercaba las excavaciones, con la esperanza de ver surgir de entre los escombros algún cuerpo petrificado como esos de Pompeya que la señorita Paula nos había enseñado en fotos en clase de Historia. Pero, para nuestra decepción, lo único que salía de aquel enorme agujero, aparte de una insoportable peste a cloaca, era mucho polvo y toneladas de piedras. En fin, que nos aburríamos como ostras y soñábamos con hacer un día las maletas y empezar una vida más emocionante en cualquier sitio. Bueno, en cualquier sitio no. Nosotras queríamos ir a Madrid. No habíamos estado nunca, pero nos fascinaba lo que veíamos en el nodo del Tívoli y lo que a veces nos contaban los escasos visitantes que en aquella época, antes de que llegara el turismo, se dejaban caer por Tabira durante el verano. Madrid, sin duda, era otra cosa. Allí había teatros y museos y preciosas cafeterías y fiestas y gente interesante. Allí había vida.

Por eso animamos tanto a Pilar para que hablara con Gonzalo cuando nos dimos cuenta de que él la miraba en la verbena del jardín del Moro, porque Gonzalo era de Madrid y, aunque estaba con Pepe Galindo, que no podía ser más tonto, eso bastaba para hacerlo digno de nuestra atención. Al principio Pilar no nos hizo caso. Era lógico. Por aquel entonces solo tenía ojos para Salvador, el chico con el que salía desde hacía unos meses. Además de un encanto, Salvador era un nadador de élite. Yo no entiendo de esas cosas, pero todo el mundo daba por sentado que iba a llegar muy lejos. De hecho, no había podido venir esa noche a la verbena porque estaba fuera compitiendo en un torneo muy importante. En Sevilla, creo, pero no me hagas mucho caso. Su único defecto era que vivía en Tabira. Nos pusimos tan pesadas con Pilar que yo creo que al final se acercó a charlar con Gonzalo solo para que la dejáramos en paz. Y ocurrió lo que todas deseábamos, pero ninguna se esperaba en serio: que se hicieron novios.

Cada cual es responsable de sus decisiones, eso que vaya por delante. Nadie obligó a Pilar a dejar a Salvador de repente ni a casarse con Gonzalo trece meses después. Sin embargo, no puedo evitar sentirme culpable por haber ayudado a que se produjera ese cambio de rumbo, pues a partir de entonces Pilar fue cualquier cosa menos feliz. El precio que pagó por marcharse fue compartir el resto de su vida con un hombre inexpresivo, tan aburrido como la propia Tabira, que además no la quería y de quien, en triste contrapartida, ella nunca estuvo enamorada. Un precio demasiado alto, creo yo, para vivir en un Madrid que, dicho sea de paso, resultó parecerse muy poco al paraíso de nuestras ensoñaciones. Y no paro de preguntarme qué habría pasado si no nos hubiéramos puesto tan pesadas esa noche, cómo habría sido la vida de Pilar si no se hubiera acercado a hablar con Gonzalo. Son solo elucubraciones, entiéndeme. Las cosas fueron como fueron y en el fondo está bien que así sea. Gracias a eso, no lo olvidemos, vinieron al mundo Tesa y Ariel, con lo que yo los quiero... Pero no dejo de pensar que a Pilar le habría ido mucho mejor con Salvador. Él sí que la quería, y estoy segura de que la habría tratado como a una reina. Tenías que haberlo visto en el funeral, desolado e intachable, pendiente en todo momento de la familia mientras Gonzalo iba de un lado a otro consultando el reloj con impaciencia, como si tuviera prisa por volver a casa, como si el ataúd que reposaba ante el altar no tuviera nada que ver con él. Hubo quien comentó que se portaba así porque el dolor lo había trastocado. Yo tengo otra teoría. La misma que he tenido siempre. Que Gonzalo era una máquina. Vamos, que no sentía ni padecía. Pero, si no te importa, prefiero no hablar de eso ahora.

La misa fue breve. El padre Colomo estaba ya muy mayor y no tenía la fiebre predicadora de antaño. Tras el responso, Fuensanta subió al púlpito para decir unas palabras, pero se emocionó tanto que Tesa tuvo que ayudarla a regresar al banco. Al final fue Milagros la que habló, a pesar de que no tenía nada preparado. Apoyó las manos en el púlpito para afianzarse y, tras un largo suspiro, nos habló del día que sus hermanos y ella vieron por primera vez el mar, durante una excursión familiar a la feria de muestras de Gijón. Lo vieron desde el tren, al entrar en la ciudad, nos dijo casi sonriendo: una gran masa color plomo, inseparable del cielo, que surgía de forma intermitente entre las casas. Antes de entrar en la feria, Ginés y Fuensanta les dejaron caminar por la playa. El agua estaba heladora y ni Gastón ni ella se atrevieron a mojarse. Pilar sí. Se quitó los zapatos y las medias, se recogió un poco la falda y se enfrentó a las lengüetadas oscuras de la marea dando grititos de placer y susto. «Pienso en ella y eso es lo que me viene a la cabeza —dijo Milagros con la voz rota—. Mi hermana pisando aquel mar de hierro.»

Mientras la escuchaba, yo no dejaba de mirar a Tesa y Ariel. Los niños, como Pilar solía llamarlos. Estaban sentados delante de mí, entre Ginés y Fuensanta. Ariel llevaba puesta una americana azul marino de invierno que le tenía que estar dando un calor espantoso. Tenía caspa sobre los hombros y al peinarse se había hecho un remolino en la coronilla. Tesa iba en minifalda. No por falta de respeto, quise pensar, sino porque seguramente no se había traído otra ropa de Madrid. No hacía ni veinticuatro horas que Pilar nos había dejado y ya estaban ocurriendo cosas que ella no habría permitido. Todas las soledades son malas, eso es indudable, pero yo creo que la más dura es la de los huérfanos prematuros, la de quienes pierden a sus padres de jóvenes, antes de haberse forjado. ¿Qué iba a ser de Tesa y Ariel ahora? ¿Quién iba a guiarlos? ¿Cómo iban a arreglárselas solos en esa casa tan llena de ausencia, sin Pilar y con un padre —Dios me perdone por decir esto— que solo lo era por algún error del destino? A la izquierda de Fuensanta, al otro lado del hueco que había dejado Milagros al subir al púlpito, estaba Noemí, la novia de Ariel. Acababa de llegar en autobús de Santander, donde estaba pasando unos días con una prima suya. Me reconfortó verla ahí, extenuada por el madrugón y el traqueteo del viaje, acompañando a Ariel en la primera desgracia de su vida juntos.

Tras la misa, algunos cogieron el coche para ir al cementerio, pero hacía muy buena temperatura en la calle y la mayoría preferimos ir dando un paseo. Por el camino me fijé en que a varios metros de distancia nos seguía Toñín, el hijo retrasado de los de la confitería La Magistral. Iba babeando y arrastrando una pierna, con esa mueca quemada suya que parecía una sonrisa, pero no lo era. Cada poco Ester —su madre— le hacía un gesto urgente con la mano para que se acercara. Él se paraba con recelo y se descolgaba un poco más de la comitiva, como si hubiera algo en ella que lo asustase.

Para mí lo peor fue el entierro. Hasta entonces el ritual de la muerte había sido triste pero compasivamente aséptico, tan abstracto que, de no ser por las palabras de Milagros y la presencia ineludible del ataúd, cualquiera que hubiera entrado desprevenido en la iglesia de San Dimas habría podido pensar que se trataba de una misa ordinaria. En el cementerio, sin embargo, la muerte de Pilar se hizo física, palpable. Los empleados de la funeraria, asistidos por el sepulturero y su ayudante, sacaron el ataúd del coche fúnebre y lo posaron al borde de la fosa, que se abría como una boca negra bajo del sol limpio del mediodía. Pasaron bajo él dos maromas y, tirando de ellas desde ambos lados, lo arrastraron con cuidado hasta que quedó suspendido sobre el hueco. Entonces, ante la mirada silenciosa de todos, sudando y resollando mientras poco a poco soltaban cuerda, lo hicieron desaparecer en el interior oscuro de la fosa. Por más cuidado que ponían, no podían evitar que, en su descenso, el ataúd se desequilibrara a veces y golpeara con un crujido sordo las paredes de tierra. Cuando por fin tocó fondo, el sepulturero y su ayudante tiraron por un lado de las maromas y las sacaron del agujero. El padre Colomo, visiblemente cansado, pronunció unas palabras de despedida. Tesa se acercó con la cabeza gacha a la tumba y arrojó en ella un lirio azul que había cogido de los ramos de la iglesia. Era tan liviano que no se oyó nada cuando aterrizó sobre la tapa del ataúd. El sepulturero asumió entonces el protagonismo. Fue hasta una furgoneta que había aparcada junto al coche fúnebre y, después de revolver un poco en la parte trasera, regresó a la fosa con una paleta muy sucia y un cubo lleno de cemento. Era un hombre achaparrado, de unos sesenta años, con una tripa redonda que le impedía moverse con soltura. Se agachó con un resoplido y, tarareando una canción, como si estuviera solo, empezó a aplicar el cemento sobre el borde de ladrillo. Dejó de tararear enseguida, al darse cuenta de que todo el mundo lo miraba. La gente empezó a marcharse. Se apartaban respetuosamente y echaban a andar en pequeños grupos por el sendero central de gravilla, entre los cipreses y las hileras de tumbas. Pese a sus jadeos, el sepulturero trabajaba sin prisa, extendiendo el cemento con minuciosidad, consciente de que su labor debía ser irreversible. Cuando terminó, llamó con los ojos a su ayudante para que le echara una mano con la losa, que estaba reclinada sobre la lápida. Era mucho más joven que él, casi un muchacho. Llevaba puesta una muñequera blanca, no sé si por moda o para no hacerse daño mientras trabajaba. Levantaron la losa cada uno por un lado, como si fuera el tablero de una mesa, y la depositaron sobre el rectángulo de cemento fresco. El sepulturero se agachó de nuevo y la rodeó despacio quitando el exceso de cemento con el canto de la paleta. El rascado del metal contra la piedra resonaba de forma artificial en el silencio del mediodía. Fue entonces, mientras aquel hombre sellaba la tumba, cuando la muerte de Pilar me golpeó de veras.

No sé si lo sabías, pero a Pilar le gustaba mucho estar al aire libre. Yo creo que, quitando los meses que estuvo enferma, no hubo un solo día en su vida en el que no saliera a la calle, aunque solo fuese para disfrutar del placer de estar fuera. Le encantaba «zapatear», como decía ella, ir de un sitio a otro haciendo recados, viendo escaparates, parándose a charlar con los conocidos del barrio. No es que fuera claustrofóbica, nada de eso, pero los lugares cerrados la ponían nerviosa. Por eso al venir a Tabira ese verano pidió que le colocáramos la cama mirando a la sierra Perdida, no tanto porque el paisaje le pareciera bonito, que también, como para sentir que no estaba encerrada del todo, que bastaba con abrir la ventana para sentir la brisa y, si quería, echarse a la calle con la imaginación y zapatear hasta quedar exhausta por la muralla y los campos de lúpulo. A Pilar le gustaba respirar sin agobios y, sin embargo, ahí estaba, metida para siempre en un oscuro cajón de madera, en un sepulcro sellado, sin vistas ni aire limpio ni nadie que le hablara en lo que quedaba de eternidad. Me puse mala solo de pensarlo. Me disculpé y, aplastada por una soledad distinta de la de Tesa y Ariel, la pasmosa soledad de haber perdido a una amiga, fui a sentarme a un banco de madera que había en el sendero.

Para entonces ya quedaba poca gente junto a la sepultura. Estaban Fuensanta y Ginés, apoyados el uno en el otro para evitar desmoronarse de pena. Estaban Gastón, Milagros y Tesa. También Gonzalo y Salvador. Y Estefanía, la enfermera, que en las últimas semanas le había cogido mucho cariño a Pilar. Y Efrén y Charo, unos amigos de Madrid de los que Pilar me había hablado mucho, pero con quienes yo no había coincidido hasta entonces. Qué pena, ¿verdad? Conocerse porque alguien se ha muerto. Toñín hacía muecas a una distancia prudencial, medio oculto en el mar de flores y lápidas. En el sendero de gravilla, demasiado lejos como para oír lo que decían, Ariel y Noemí conversaban. Él tenía la americana bajo el brazo y la vista clavada en el suelo. Ella negaba una y otra vez con la cabeza. Sus amigos los observaban en silencio unos metros más acá. Ariel miró el reloj. Tocó el hombro de Noemí mientras le decía algo. Se apartó bruscamente de ella y echó a andar en dirección a la salida. Noemí se volvió hacia la pandilla con cara de preocupación. Tras un instante de duda, todos siguieron a Ariel a lo largo del sendero. Al llegar a la reja, giraron a la izquierda y desaparecieron.

—Que Dios la tenga en su gloria —oí decir al padre Colomo, ya sin fuerzas.

Fuensanta dijo amén, se santiguó y lanzó un suspiro que resonó como un grito en la quietud del camposanto. Gastón dio una propina al sepulturero. Ester apareció detrás de Toñín y, cogiéndolo por el brazo, se perdió con él en el laberinto de lápidas. Estefanía abrazó a Milagros. Salvador estrechó la mano de Ginés. Tesa miró confusa a su alrededor, imagino que buscando a su hermano. Gonzalo salió al sendero con las manos en la espalda. Al pasar por donde yo estaba, me pareció oírle decir que tenía hambre. A mi lado, en una de las tablas del banco, alguien había grabado una cruz y una pregunta: «¿Por qué?». El sol empezaba a picar. Me levanté y, mientras me alisaba la falda, me dije que era imposible: por mucha fe que tuviera el padre Colomo, no podía haber gloria alguna en un agujero de tierra.

EL CUCO

Pensé que Ariel no vendría. Llevábamos todo el verano dándoles por saco a él y a sus amigos y hasta entonces ninguno había dicho ni mu. ¿Por qué iba a ser distinto ahora? Yo fui porque no tenía otra cosa que hacer, la verdad. Me había cogido libre la semana de ferias y los días daban mucho de sí. No estaba solo. Bueno, allí en la chopera sí, pero Miguelón y el Rata me esperaban cerca, junto a la verja de la piscina municipal, viendo bañarse a las chavalas. Fui también por si acaso, para no quedar como un cagón si al final a Ariel le daba por presentarse, aunque ya te digo que eso me parecía poco probable. A mí ya se me habían quitado las ganas de pegarle. Incluso había empezado a pensar que a lo mejor el chaval no había tirado adrede de la bici a mi hermano Milo. Cuantas más vueltas le daba, menos sentido tenía. Además, yo ese día estaba hecho mierda. La noche anterior había tocado Obús en la plaza del Foro y nos habíamos cogido un pedo descomunal. Me dolía un huevo la cabeza. El sol que se colaba entre los árboles me hacía daño en los ojos. Lo que me pedía el cuerpo no era liarme a golpes con aquel chico, sino tumbarme a la sombra y esperar a que se me pasara la resaca.

Hacía siglos que no bajaba a la chopera. Antes mis amigos y yo íbamos mucho, a fumar porros y darnos el lote con las tías, pero casi dejamos de ir cuando Dani empezó a invitarnos a la casa de su tío, hacía ya un par de veranos. No la recordaba tan sucia. Había basura por todas partes: bolsas de plástico, cristales, periódicos, latas, ropa, envoltorios de todo tipo. En el aire, mezclado con el olor de los chopos, flotaba un tufo a mierda y pis. Había llovido poco ese año y del pequeño río que yo recordaba solo quedaba un reguero de agua aceitosa. Lo único que seguía igual era la ruina, aquel trozo de escalera que se levantaba como un muñón de piedra en un extremo de la chopera, a unos veinte metros de la carretera general. De niños el Rata y yo solíamos jugar en ella. Subíamos corriendo los peldaños y al llegar arriba saltábamos al suelo gritando «Gerónimo». Nos podíamos pasar horas haciendo eso, hasta que los pulmones nos ardían y, de tanto saltar, las rodillas dejaban de sostenernos. Hacía calor ese día. Se oía el ruido del tráfico y a la gente divirtiéndose en la piscina.

Entonces lo vi llegar. Apareció de pronto entre los chopos, andando deprisa a través de la broza y la hierba seca. Lo primero que me llamó la atención fue cómo iba vestido. Llevaba una camisa blanca de manga larga, una corbata oscura y una chaqueta bajo el brazo. Como si viniera de una boda, pensé. Al ir a su encuentro, me fijé en su cara y me pareció que estaba cambiado. Puede que fuese la forma en que apretaba la mandíbula al acercarse, o cómo me miraba, con una determinación que no le había visto otras veces. Fuese lo que fuese, me empezó a caer bien el pijo aquel. Me gustó que no se hubiera echado atrás. Yo en esa época estaba muy loco, ya te lo he dicho, y había que tenerlos bien puestos para enfrentarse conmigo a solas. Entre eso —que me empezó a caer bien— y la resaca, yo lo único que quería era hacer las paces con él y su pandilla. Estaba dispuesto incluso a pedir disculpas por haberles jodido tanto ese verano. Un apretón de manos y a casa, eso es lo que yo quería, pero enseguida me di cuenta de que Ariel tenía otras intenciones. Tiró la chaqueta al suelo y, sin mediar palabra, echó a correr hacia mí y me empujó con todas sus fuerzas. El cabrón me cogió por sorpresa. Retrocedí un par de pasos, perdí el equilibrio y me caí de espaldas. No recuerdo haber sentido el golpe contra la tierra. Lo que recuerdo es el pinchazo que me dio la jaqueca al caerme. Antes de que pudiera reaccionar, Ariel se sentó a horcajadas sobre mi pecho y empezó a darme puñetazos con las dos manos. Estaba tan rabioso que no veía dónde me pegaba. Las hostias me llovían sin ton ni son en los brazos, en los hombros, en la cara. «Manda cojones —me dije mientras intentaba protegerme—. Que me esté zurrando este mierda.» Entonces me revolví y me lo quité de encima. De una patada lo lancé rodando por el suelo hasta la base de la ruina. Estaba muy cabreado y, ahora sí, quería partirle la jeta. Me levanté de un salto, lo alcancé y le largué un puñetazo, pero él lo esquivó. Mi propio impulso me hizo seguir avanzando hasta chocar de cabeza contra la punta de uno de los peldaños de piedra. Se me nubló la vista. La chopera se convirtió en un borrón de manchas verdes y blancas. Debí de desmayarme porque lo siguiente que recuerdo es estar otra vez boca arriba en el suelo y a Ariel encima de mí con una piedra grande de la ruina levantada entre las manos. Tenía la cara roja y respiraba muy deprisa, como si le faltara el aire. Me bastó mirarle a los ojos para saber que quería matarme. Ya había visto antes esa mirada, en otras peleas. Quería reventarme la cabeza. Quería golpearme con esa piedra hasta dejarme irreconocible. Pero no lo hizo. Poco a poco la respiración se le fue calmando. Bajó despacio la piedra y, como si hasta ese momento la rabia le hubiera impedido notar lo mucho que pesaba, la echó con esfuerzo a un lado. La piedra rodó por el suelo y se paró al pie de la ruina, justo donde el Rata y yo solíamos aterrizar cuando saltábamos de niños.

—Tranquilo —dije.

Me toqué la frente y se me llenaron los dedos de sangre. Estaba mareado. La cabeza me dolía tanto que por un momento pensé que los ojos se me iban a salir de las cuencas.

—Lo siento, yo... —empezó a decir Ariel.

No acabó la frase. Se puso en pie y miró a su alrededor extrañado, como si no supiera bien qué hacía allí. Recogió la chaqueta del suelo, la sacudió para quitarle el polvo y, dándome la espalda, echó a andar hacia la carretera. Las chicharras hacían mucho ruido. O puede que fuera una sensación mía provocada por el dolor. Intenté levantarme, pero el brazo me cedió al apoyarlo en el suelo y quedé tumbado de lado, vomitando, viendo cómo Ariel se hacía más y más pequeño y acababa desapareciendo tras la cortina de chopos.

EUGENIO

Yo no sé escribir, ya te lo dije. Nunca fui a la escuela. A los siete años mi padre me dio una vara de encina y me puso a cuidar las ovejas. No he hecho otra cosa desde entonces. En mayo cumplo ochenta y dos, así que calcula. He aprovechado que ha venido a verme Marga, la nieta de mi hermano Lucio, para pedirle que te escriba ella. Pero la voz que te habla es la mía.

Me preguntabas por el Notario. Lo llamo así porque nunca me quedé con su nombre y porque la primera vez que hablamos, en el verano del ochenta y cinco, él me dijo que su profesión era esa. Llevaba ya un tiempo encontrándomelo por la ribera del Tula. Iba siempre como ensimismado, con las manos a la espalda y una brizna de hierba en la boca. Yo no habría hablado con él si él no me hubiera hablado primero. Soy de pocas palabras. Cuando salgo con el rebaño, puedo pasarme días enteros en silencio. A veces semanas. Me basta con oír lo que me dice el monte. En el pueblo tengo fama de huraño. Quizás lo sea, no lo sé. Lo que sí sé es que no me fío de las palabras. Jamás he dicho ni escuchado ninguna que sirviera para algo. No creo que estas que te digo ahora vayan a ser una excepción.

El Notario me preguntó si venía de muy lejos. «Qué más le dará a él de dónde vengo», pensé yo. Le dije que no. Que del otro lado del soto. De Miembres. Él me dijo que venía de Tabira, donde estaba pasando el verano, aunque enseguida aclaró que vivía en Madrid. Había un trecho desde Tabira. Seis o siete kilómetros por el sendero de Curias. Más si se cogía la carretera, que era, casi seguro, lo que había hecho él.

Miraba raro el Notario. A lo mejor era por las gafas, que le achicaban un poco los ojos. El caso es que no parecía verte cuando te hablaba, como si se estuviera dirigiendo a alguien que no estaba allí. Hablamos del tiempo. Se estaba nublando. Él creía que iba a haber tormenta antes de que se hiciera de noche. Yo miré al cielo, me encogí de hombros y dije que quizá sí, quizá no. Estoy seguro de que lo decepcioné. Los de ciudad os pensáis que todos los campesinos tenemos la facultad de predecir el tiempo. Si no pueden hacerlo los meteorólogos, que han estudiado y tienen todo tipo de aparatos, ¿por qué vamos a poder nosotros? Entonces, sin venir a cuento, me dijo que era Notario. Lo diría para impresionarme, pero pinchó en hueso porque a mí me da igual a qué se dedique la gente. Lo importante es ser cabal, tengas el oficio que tengas. El rebaño se me estaba desmandando. Dije adiós y me fui río arriba hacia los pastos del Trévano. Hacia el silencio.

A partir de ese día nos encontramos bastante a menudo. Por la ribera. En el soto. Junto a la fuente de cuatro caños que hay en el cruce de Nisal. Charlábamos un poco y luego cada cual seguía su camino. O, mejor dicho, yo seguía mi camino porque me aburría tanta cháchara. Él se quedaba donde estaba, pensativo, rumiando quién sabe qué con la brizna de hierba en la boca. Una tarde, mientras yo bebía en la fuente, me preguntó de sopetón si estaba casado. Estuve a punto de decirle que se metiera en sus asuntos. Una cosa era comentar el tiempo o lo listos que eran los perros —yo por aquel entonces tenía dos *collies* de pelo largo a los que solo les faltaba hablar—, y otra muy distinta entrar en intimidades. Al final me sequé la boca con la mano y, por no discutir, le contesté que no. Yo, como mejor estaba, le dije, era solo. Se quedó tan extrañado que casi me sentí en la obligación de decir algo más. Le conté lo que, hacía ya mucho tiempo, había dicho el cura que casó a mi hermano: que el matrimonio completa al hombre.

—A mí no me hace falta que me complete nadie —le dije al Notario—. Para bien o para mal, no tengo esa necesidad. Me basta con las ovejas, con los perros y con lo que me dice el monte.

Entonces vino su confesión, que es lo que yo quería contarte. Se sentó con un suspiro en el poyo de la fuente, como si de pronto le hubiera entrado el cansancio. Recuerdo que hacía muy bueno. No había ni una nube y el calor había aflojado. Una oveja se apartó del rebaño. Corrió desorientada hacia el cruce, haciendo sonar el cencerro. Silbé a los perros para que fueran a por ella. Al volverme otra vez, el Notario me estaba mirando. A mí, no a esa persona invisible con la que había hablado hasta entonces. Muy despacio, como si le sorprendiera oírse, me dijo que el peor error de su vida había sido casarse y tener hijos.

—No sabe usted la suerte que tiene —añadió tras un largo silencio.

—¿Yo? ¿Por qué?

—Porque no tiene estorbos para ser lo que quiere. Su vida es suya.

Volvió a quedarse en silencio y yo me marché de allí confundido, sin saber de qué diantres me hablaba.

Esa noche al llegar a casa llamé por teléfono a Lucio, que en aquel tiempo vivía en Tabira, y le pregunté si por casualidad conocía al Notario. Me había entrado la curiosidad. Yo, que jamás había metido las narices en la vida de nadie, quería saber más cosas sobre aquel desconocido.

—¡Qué notario ni qué niño muerto! —me dijo mi hermano en cuanto le di las señas—. Que yo sepa, ese trabaja en Galerías Preciados.

Lo que al parecer sí era cierto era lo de la familia. El Notario, me dijo Lucio, tenía hijos. Dos, si no recuerdo mal. Una chica y un varón. Y su mujer era la menor de los de la droguería Blanco, donde compraba yo desde siempre el veneno para los tejones. Me había despachado muchas veces, hacía tiempo. Parece que la estoy viendo de jovencita, sonriendo como un ángel, con la bata azul remangada y el pelo recogido en una coleta. Una chica muy amable. Muy guapa, también, como Marga.

—Murió ayer de cáncer —me dijo mi hermano.

—Qué me dices.

—Como te lo cuento. La enterraron esta mañana.

Colgué el teléfono con un nudo en la garganta.

Volví a ver al Notario unos días después, de lejos, paseando junto al río Tula. No respondí a su saludo. En vez de acercarme, como había hecho otras veces, cambié de dirección y me llevé las ovejas al soto.

Hay gente con la que es mala suerte toparse.

Y ya está. Eso es todo lo que te puedo contar de ese hombre.

ARIEL

Si pienso en aquel mediodía, lo primero que me viene a la mente no es la pelea con el Cuco, sino la claridad que lo bañaba todo cuando salí de la chopera, un puro brillo que aplanaba los colores y difuminaba el perfil de las cosas. Me paré en el cruce y miré a ambos lados de la carretera. Por la derecha no venía nadie. Por la izquierda se acercaba una furgoneta azul con matrícula extranjera y el parabrisas lleno de insectos. Redujo la velocidad y, al llegar a mi altura, se detuvo. En el asiento del copiloto había una mujer en camiseta de tirantes con un mapa grande desdoblado en las rodillas. Se asomó sonriendo a la ventanilla bajada y me dijo algo que no entendí.

—¿Perdón? —contesté.

—¿Restaurante Las Termas? —dijo con lengua de trapo el hombre que iba al volante, inclinándose sobre la mujer.

Eran los dos muy rubios, como el niño y la niña de semblante aburrido que ocupaban el asiento de atrás. Él tendría unos siete años. Ella era algo mayor. Me recordaron a Tesa y a mí a esa edad, cuando viajábamos en el Renault 12 de Gonzalo. Me pregunté si ellos también jugaban al veo veo o a pellizcarse cada vez que pasaba un coche amarillo.

—Todo recto —dije, señalando con el dedo al otro lado de la carretera, hacia Tabira.

La mujer vio en el retrovisor que venía un camión cisterna y avisó al hombre en un idioma que a mí me sonó a alemán.

—¡Gracias! —dijeron los dos al unísono.

El camión lanzó un bocinazo de advertencia. El coche se puso en marcha, cruzó con un chirrido de llantas el carril contrario y empezó a subir la cuesta del Portón. Unos segundos después, el camión cisterna pasó rugiendo a mi lado. Un manotazo de aire me golpeó el pecho y me hizo cerrar los ojos. Cuando los abrí de nuevo, la furgoneta ya no estaba. Volví a mirar si venía alguien. Luego atravesé la carretera, de la que surgía un vapor de sauna, y enfilé la acera un poco echado hacia delante, para contrarrestar el desnivel de la cuesta. Abajo, a mi derecha, se alzaba la carpa roja y blanca del circo. Una familia comía alrededor de una mesa de campin, protegida del sol por el toldo de un carromato. Una mujer en bata tendía ropa en una cuerda. Un niño hacía piruetas en el suelo. A su lado corría y daba saltos un pastor alemán negro. Sus ladridos resonaban como carcajadas en el sopor deslumbrante del mediodía. Arriba, apoyada en el pretil de la muralla, me esperaba la pandilla. Al principio no eran más que una mancha difusa recortada contra el telón verde del jardín del Moro. A medida que disminuía la distancia, empecé a distinguir sus facciones. En el centro del grupo estaba Noemí, muy seria, haciendo visera con la mano. Los saludé levantando la chaqueta. Ellos me devolvieron el saludo y, apartándose un poco del pretil, echaron a andar a mi encuentro a lo largo de la muralla. A pesar del calor y la pendiente, aceleré el paso porque me moría de ganas de abrazar a Noemí. Quería pedirle perdón. Quería que supiera cuánto la echaba de menos. Pero sobre todo quería contarle lo que había pensado mientras el camión cisterna bramaba y alborotaba el aire: que, si eras niño, podíamos llamarte Esteban y, si eras niña, Beatriz.

Índice